〈新生〉の風景

ロラン・バルト、コレージュ・ド・フランス講義

原 宏之

書肆水月

〈新生〉の風景　ロラン・バルト、コレージュ・ド・フランス講義

目次

イントロダクション

〈新生〉の風景

フラッシュバック

※すべての書誌は日本語表記し、〔　〕内の記述は筆者による補足
Œuvres complètesからの引用は《o.c.》の略記の後にページ数
注＊は本文に対するもの、注◇はバルト講義への補足（ともに筆者による）

本書はロラン・バルトの講義をめぐる夢語りである。バルトが最晩年に講義を行ったコレージュ・ド・フランスに彼の存在はもうない。亡霊のつく講義室にひとり立って、あたかもバルトの《声》に耳を傾けるかのようにして綴られたファンテジーともいえる。〈わたし〉と〈バルト〉の想像的関係から書かれた、わたしの〈バルト〉をめぐる亡霊的なファンタスムの物語といってもよい。

　したがって厳密な意味での「引用」はひとつもない。引用符のある箇所でさえも、当時聴講したひとの記録にもとづいてはいるものの、《声》は時に流され消えてしまい、原典など想像の彼方にしかないのであってみれば、これを引用と受け取る理由はなにもない。

　足場を失いながら、ふらふらと書きつづられたこれらのページを貫いたのは、わたしの方からは決してバルトの姿は見えないものの、バルトの視線はたしかにわたしの手の動きを注視しているとのなかば幻想的な確信であった。

　フランスで計画中の講義録の出版をまって本書と併せて検討することで、なにが声でなにが文字なのか、そのズレを読者が明らかにしてくれるならば、そこから新しい展開も見えてくるかもしれない。

〈新生〉の風景

ロラン・バルト、コレージュ・ド・フランス講義

新生

vita nova

「歴史上の真実の根源は、声としての記録資料であって、証人としての記録資料ではない。ミシュレはただ人生の属性であったこの質を、過去の身体たちの残響が聞かれる特権的対象とみなしたのである」

——バルト

「われわれの心が、——否、耳すらもが！　そこにはないのだ」

——ニーチェ

イントロダクション

「わたしは教えるのではなくて、語るのです」

——モンテーニュ

i

老い、新生

「ソクラテス――　ふむ。僕はやっぱり『おじいちゃん』ということになるのかね。
福祉係――　いえいえ、お若く見えますよ。気持を若くもつことこそ長寿の秘訣、おいくつです？
ソクラテス――　七十だ。
福祉係――　おや、それならシルバーパスの受給資格がありますね、早速申請しなさい」

――池田晶子

いま、また老いについて語られつつある。

どこか感傷をよびおこす老人の生活情景は、いまや山間や海沿いの小さな村にあるだけではない。東京でも、横浜でも、ちょっと古い商店街をゆけば、老人が歩き、老人が働き、街の将来について語り合っているのを目にする。

けれども、本書が語る「老い」は老齢に達した人間の時間のことではない。「新生」は、その名のとおり第二の人生のことではあるが、それは退職したあとにもてあます時間をいかに生き、どこに喜びを見出して、なにを健康の糧とするのか、そのような余命のことではない。むしろ能動的な新生であり、人生を否定したあとで絶対的な肯定にむけて「然り」と叫ぶ想いこそが「新生」として扱われるだろう。二重の肯定、無条件の生の肯定である。

たしかにマルクス・アウレリウスは肉体的な老いを精神生活に結びつけて語っている。この古代ローマ皇帝は死の数年前にこう自問している。ひとなみ以上の長寿に恵まれたとしても、「その人間の精神が、事物を理解し、神々のこと人間のことに知悉すべく、精力的な観想に徹するによく堪える力をいぜん変わることなく保持し続けるであろうかどうか」と疑うのである。だから生の歩みを早めよと彼はいうのだが、思索に適した新生はたいてい受動的にしか与えられない。

またキケロは、老齢が嫌われる四つの理由のうちに、「肉体の衰弱」と「死の切迫」をあげている。けれども、キケロはこれらの偏見をことごとく論破してゆくのであり、たとえば「快楽の欠如」については、老いこそが若者では果たせない肉欲の誘惑を断ち切るものであり、節制における徳を達成するのに向いていると説く[*1]。

人間は自由である。だが、この自由は苦役であり、義務であるのかもしれない。一日一日が選択と決断の瞬間からなる。そのなかには人生を左右するような職業の選択もあるだろうし、朝にコーヒーを飲むか紅茶を飲むかといった、ほとんど機械的な意識にのぼらない選択もあるだろう。意識的な選択はときには暴力となる。選択とは残りのものを捨てることにほかならないからだ。ひとを傷つけ、自分に傷を負わせることだってある。しかし、個々の瞬間の選択をあやまったものだったと回顧するまなざしは、決断の状態においてその人間が自由を十全に理解していなかったときにしか生まれない。

このような自由の義務は苦痛だろうか。重荷だろうか。これは苦役にほかならないと考えるのがふつうの心である。それなのに、個々の瞬間において自分が自由であったことを認識するならば、もういちど、二回、三回と、同じ選択と経験を生きる衿侍をもつこともあるだろう。

選択の瞬間とは、たとえば横尾忠則の絵画「暗夜行路」連作のY字路に立つ者として現れる。とりわけ二〇〇〇年から二〇〇一年にかけて描かれた作品のなかでは、三叉路は光と闇の分岐点となっている。ふたつの路の分かれ目には、いつも昭和風の小さな家や店があるのだけれども、そのトライアングルは前方に極端に細められているので、ふたつの路は背景にどこまでも開けたパースペクティヴをもつことになる。たいてい、一方の路には光がそそがれていて、他方は黒みや赤みを帯びた空の下にある（最近の作品では光のコントラストがなくなる）。「光と闇の帝国」と副題のつけられた作品では、境目の町掲示の下に小泉純一郎らのポスターがあり、左に行けば太陽に照らされた住宅街があり、右は赤黒い闇の路であって、さらにこの路は逆向きの一方通行路となっており「とまれ」の標示がある。

そうはいっても、これらの作品は成功と失敗を明暗で分けるような安直なY字路ではない。いつでも入口しか見えずに、どちらの路の先も見えないのである。光に向かって進むことが、見かけの「だまし」のようにさえ思われる。三叉路は生と死のそれぞれの路を表しているかのように思われる。ただしそれは「現在」の選択ではあり得ない。右や左の一方の路から過去がせりだしてきて、もうひとつの路に進むことを余儀なくさせているようにも見えるからである。キャンバスの外にたしかにひとが立っているように、三叉路に影が立つ。背後はない。

選択はこうして重荷になる。生きれば生きるほど、過去や未来と呼ばれるものの時間のうねりがのしかかってくる。

この重荷をふりほどくしぐさが、老いにほかならない。老いは、中学生の少女にも、九十歳の老爺にも突然訪れる。老いそのものは受動的なもので、外部から突然襲われる。仮にこれを『黒い太陽』のクリステヴァにならって、「メランコリー」と呼んでみることにしよう。古代医術からルネッサンス、現代精神分析にまで連なるこの語を手短に要約するのは容易ではない。ここでは、メランコリーは新生の入り口のひとつであり、生理的な意味でも医学的な意味でも病とは呼べない、それでいて単なる孤独以上のもの、受動性から能動性への転換、たとえば自己放棄から創造への移行のチャンスであると簡単な理解にとどめたい。

恋愛、家族との死別やそれと同じほど深刻なトラブル、仕事や学業上の挫折など、ひとつの痛手が「あたりまえに思えていた、正常な人びとが属するあの範疇から私をいきなり引き離す、あるいは、親しい存在に襲いかかって同様の効果をてきめんにもたらす、裏切り、不治の病い、なんらかの事故や心身障害」、ひとりの人生を打ちのめす不幸のリストは尽きることない。[*2] このような状態は、しかしながらただちに幸福な新生を開くわけではない。まずは絶望の波のまにまに漂って、ベッドにしがみつくことしかできない。この「断絶」(バルトの表現)は、「突如としてもうひとつの生をあたえるのだけれども、「それは、生きることのできない生である」とクリステヴァはいう。この「空虚な生」は、心痛、涙、焼けつくような、索漠とした、徹底的に絶望を負荷された、生の意味を見出せないような「生きた死」なのである。

いま「断絶」と呼んだ、この不意打ちの亀裂が生じるときこそ、「老い」の始まりにほかならない。

老いはまず、自分の生きた経験を数え上げながら死を待つことに始まる。それでいながら、この「倦怠」、この「閑暇」または「不動心」は、意志としては得られないようなかけがえのないものでもあるのだ。なぜならば無時間こそが、ある意味ではほんとうに生を生きられるときだからである。日常の生活――仕事や雑用に追われ、エアコンのきいた部屋に閉じこめられるために、ぎゅうづめの電車に揺られて、蹴とばされたり足を踏まれたりしながら人波をかきわけて進む毎日――では、生や死を忘れるためのささいな喜びに満足するほかない。スタンドでの一杯も、友人との食事も、TVゲームでの憂さ晴らしも、それはそれでそのときどきは楽しい。だがそんな生活が続くときにいいしれぬ後悔と罪の念に襲われることはないだろうか。都会に住んでいれば、一日の休暇ではせいぜい郊外のテーマパークや埋め立て地の公園にゆくしかない。だが、それらは造られたものであり、ある意味で自然のニセモノである。ショッピング・モールが、失われた商店街の仮想的な作り物のように思われるときもある。

セネカは「年金や恩賞は人々がもっとも好んで受取るものであり、そのためには自分の苦労でも努力でも勤勉でも提供する」のに対して、「誰ひとりとして時間を評価する者」はなく、「時間を無料同然に惜しみなく使う」と語っている。時間がもっとも安価なものと考えられていることに疑問を投げかけたのである。

わたしたちは生きているあいだ、人生を構築しようと収集に熱心になる。たとえば貯金、財の蓄積、車、高級バッグ、ドレス、なんでもよいが、自分を幸せにしてくれるように感じられるモノのコレクションに夢中になる。だが集めようとする生活のなかで、蓄積するモノにくらべて、同じくらい浪費しているものがある。捨てる生活で得られるのは時間である。ふつうの心の持ち主にとって、捨てるのは容易ではない。だが、「断絶」や「老い」は、生きた人生をもはや閉じられたシステムとして、背後に残すべき客体とするように強制する。

一八八〇年、翌年からつかの間の新生をもつことになるニーチェは、病におかされて「私の生存はおそろしい重荷です」と書いている。*3 ニーチェはまさに人生の「断絶」にある。「ひとりぼっちで」散歩に出かけては山の空気を呼吸するニーチェは、一日の大半を「舟酔い」のなかで、話をするのも困難な麻痺した状態、体調の転換のたびに「荒れ狂う発作」からくる嘔吐に悩まされている。彼は、「本も読めないのです！ 書くこともほんの稀です！ 人と交際することもないのです！ 音楽を聞くこともできないのです！」と救いへの叫びをあげているかに見える。けれども、この苦しみのなかでニーチェが「絶望」しないのは、新生に特有の使命感を彼がもっているからである。

［…］私は精神的道徳の領域で啓発的な証明や実験をやっておりますが、もし現在の私がそんな私でないといたしますれば、もうとうの昔にこの恐ろしい重荷を投げ捨ててしまっておったことでしょう。――苦しくてもこうして認識を渇望する楽しみのおかげで、どんな拷問にも、どんな絶望にもうちかっていられる高みへと私は登っていかれるのです。（一八八〇年一月）

精神的道徳の実験は、「すべての価値の価値転換」のことにほかならないが、それは翌年八月、永劫回帰のアイディアに結実することだろう。「使命感」はときに誇大妄想となるが、それでもファンタスムとしての「新生」の力《フォルス》であることに変わりない。『ツァラトゥストラ』に付記された「人と時とのかなた六〇〇〇フィート」は、この着想がシルヴァプラーナの湖沿いに森を抜けてゆく彷徨のなかから生まれたことを暗示している。断絶のさなかのメランコリー者にとって、他者のディスクールはない。それは無時間のときであるからだ。ニーチェは自分の復活を、「わたしが再び聞く力を取り戻した」ことによると説明している。聞く力は、暗闇の迷宮に響く外部からの声を受けとめる力なのである。

新生を見出しつつある一八八一年八月のニーチェの書簡を引用しておこう。

> ねえ君〔ペーター・ガスト〕、歳月が流れて、いままた頭上には八月の太陽だ。山や森は静かになって、平和がやってきた。僕の地平線のうえには、まだ考えてもみなかったようなそんな思想がたち昇っていたのだ、――そのことはなにひとつ漏らさないでおいて、いまは揺るぎないこの静穏のなかに身をおいておこう。生きていかねばならぬとしても、きっともう二・三年のことだろう！〔…〕
> 今年になって僕にふさわしい、ほんとうに僕には近しい二つのことが与えられたのだが、僕はそれを報酬だと思っている、――つまり、兄（けい）の音楽とこの地〔ジルス＝マリア〕の風景とだ。〔…〕この風景は〔…〕とにかくずっと南方的なものだ。――ここの風景と似たような風景をもとめるとしたら、熱帯性の植物があるにしても、メキシコの太平洋の高原にでもいかねばならぬだろう。いまはこのジルス－マリーアを僕のために確保すべく努めてみたいと思って

いる。

老いについて、新生について若干述べてきたが、バルトの声にたどり着くために先を急ぐことにしよう。

註

＊1　キケロ『老いについて』八木誠一・八木綾子訳、法藏館、一九九九年、五〇頁。

＊2　『黒い太陽』西川直子訳、せりか書房、一九九四年。本文以下の引用は同書の美しい訳による。

＊3　『ニーチェ書簡集 Ⅰ・Ⅱ』堀越敏訳、ニーチェ全集、ちくま学芸文庫、一九九四年。以下、ニーチェの書簡からの引用はいずれも同書による。

ii　コレージュ・ド・フランスのロラン・バルト　*vita nova* 1979-1980 冬

コレージュ・ド・フランス

　コレージュ・ド・フランスは、フランスの研究者なら誰もがその講壇に憧れるような最高学府である。フランス革命の十年前に建築された校舎は、歴史の寓話のようにいまでも荘厳な趣を湛えている。最高学府といったのは、エリート養成機関という意味ではない。コレージュでは、誰もが自由に出入りして好きな講義を聴講することができる。人気のある講義には、開始前から行列がつくられる。聴講者は、パリの学生、留学生、高校や大学の教師などが多いが、定年後の初老の男や家事の日々を免れた主婦も散見するほか、営業中にタクシーを止めて立ち寄る者や、飲食店の主人に二時間暇をもらってやってくる者などもいるのかもしれない。旅行者のわたしたちですら、偶然出くわす講義室で腰をおろすことができるのである。

　コレージュ・ド・フランスの講義のなかでも、ロラン・バルトのものは非常に人気の高い講義のひとつで、副講義室（第六教室）まで用意されたという。副講義室とは、バルトが不在のなかスピーカーから声だけが響き渡る教室のことであり、バルトはこれを「目隠しされた教室」（salle aveugle）と呼んでいた。

現在のコレージュ・ド・フランスには、数学、物理学、自然科学、哲学・社会学、歴史学・文献学・考古学の大講座のもと、「生物学と遺伝子進化学」「実験医学」などの先端分野から、「言語と認識の哲学」「十六 - 十七世紀ヨーロッパにおける修辞学と社会」といったユニークな講座が開かれている。また「南米社会の歴史と人類学」「近代中国史」「オスマン - トルコ史」「アッシリア学」、「インド・イランの言語と宗教」など、歴史に比重がおかれているのも特徴だ。最先端領域と学際研究、また大学制度としては周縁的な分野の講座があり、とりわけ自由がある。この自由は、かつてソルボンヌが代表していた大学制度の因習や、アカデミーの威儀師然とした構えからの区別によるものである。学位の授与はない。法的な権威もない。だが、ルナンが「いまつくられつつある科学」と呼んだ自由な創造の場、ヴァレリーのことばに従えば「自由な発言の場」が保証されている。[*1]

歴代の教授陣リストを一瞥すれば、ミシェル・フーコーが『言葉と物』で描いたような人間科学（認識）の系譜が浮かび上がってくる。一貫してまだ分野の確立されていない周縁的な研究者が講座に着いてきたものの、十九世紀以降にはとりわけ輝かしい名声を残した者たちがこの場で教えた。一八〇〇年G・キュヴィエ（博物誌）、三一年J・F・シャンポリオン（考古学）、七三年H・マスペロ（エジプト考古学）、一九〇〇年H・ベルクソン（古典哲学）、三七年E・バンヴェニスト（比較文法）、同年P・ヴァレリー（詩学）、五〇年C・レヴィ゠ストロース（社会人類学）、六四年F・ジャコブ（細胞遺伝学）、七五年J＝P・ヴェルナン（比較古代宗教学）、七六年P・ブーレーズ（音楽における発明・技術・言語）、八二年P・ブルデュー（社会学）などが、それぞれの講座に任命されている。あたかも学問の歴史を反映するかのようである。

コレージュ・ド・フランスとパリ大学（ソルボンヌ）は、学校や書店の密集するカルティエ・ラタン（5区）にあり、道路を挟んですぐそばに位置する。その因縁は各時代を経てさまざまなかたちをとってきた。[*2]

コレージュ・ド・フランスは王権から現在の政府まで、ときどきの権力に支えられて存続してきた。しかしそれは御用学院のようなものとはならずに、アカデミズムやときには政体への反権力のディスクールも可能にする知的自由の場となった。もちろん、政治（や宗教）についてはやりすぎれば追放され、殺されさえした歴史もあるが、研究上の自由に基づく場がフランス文化に必要だとの認識は守られてきたようである。

「小説」としての講義

ロラン・バルトがコレージュ・ド・フランス「文学の記号学」講座の教授に任命されるのは、一九七六年のことである。一九六八年の五月革命を契機とする学部制度廃止を経ても、パリ大学は他の地方大学と同じような大学行政に守られている。フランス革命後には、政治家や官僚、企業家、学者などを輩出する少数精鋭のグランド・ゼコールも創設されていた。一方でコレージュ・ド・フランスは、学位も学生登録もない自由な空間であり、唯一の義務といえば、大学などでの経歴を辿ってきた後で、専門分野の第一人者として任命された講座の威光を自覚することくらいである。とりわけ第一次世界大戦後の大学登録者数の急激な増大で、ソルボンヌが管理と教育にせわしくなる一方で、コレージュは自由な研究が保証される特権的場となった。コレージュ・ド・フランスは「フランス文化」の威光の一部であるわけだから、政治性が皆無というわけでもないだろうが、可能なかぎり純粋なかたちで「文化」に関わるチャンスでもある。多事多端に後ろを切って、そのような環境にバルトはやってきたわけだ。

ところが翌年一月の就任講義で、バルトは「わたしはこれまで大学人の道を歩んできたにもかかわらず、通常こうした経歴に必要とされる肩書きや資格をもちあわせていません」と始める。自分は文学や語彙論や社会学などの科学（専門的学問）の分野で仕事をしたいといつも望んできながら、エッセイしか残してこなかった。記号学の専門家ですらない。記号学が制度化されるにつれてそこから逃れていった。そして、学科によって秩序づけられた科学と知と厳密性が君臨するコレージュは、このような不純な人物を棲家に招いてしまったと述べる。*3

一種の宣言とも読めるこれらのことばを聞いて思い出すのは、「専門家」と「愛好家」の区別である。バルトは文学や美術、音楽、広告、社会、服飾など、ある意味で雑多な話題を論じてきたが、その際によく自らを「愛好家」（l'Amateur）と定義し、このスタンスを好んだ（「愛好家は腕前を競うためではなくて、享楽を延長するために絵や音楽や学問をたしなむ」――『彼自身によるロラン・バルト』）。

「愛好家」はまた領分の侵犯者とも呼べるわけで、エクリチュールの実践のなかでは、ジャンルの解体者でもある。バルトのエッセイへの嗜好は、少年時代から死に至るまでに彼が好んだ作家——つかの間の熱中の対象であったり、生涯の偏愛の対象であったりするわけだが——にも表れている。ヴァレリー、ジッド、カミュ、ジュベール、ミシュレ、ジョレス、シャトーブリアン、プルースト、そしてニーチェ。彼らは哲学者でもなければ、小説家や詩人や歴史家であるだけでもなく、それぞれの思想をエッセイと呼ぶ以外にはない文章で表現した者たちである。学問や文学の制度をはみ出してしまうような思想から、程度の差こそあれ、その思想をいかに表現するかという問題に出会った思想家たちである（ニーチェは、晩年の自著が「趣味と文体の面から読まれる」ことを望み、「このような書き方をする人間はいまのドイツにはいない」といっている）。知の愛好家が書くものは、エクリチュールの愛好家に読書の享楽を与える。同時に作家の側から見れば、エクリチュールの面でのジャンルの破壊は、思想の面での専門性の隔壁の突破がもたらす要請でもあるだろう。バルトには、エッセイによって領域横断的に専門分野の区分を破壊してきた者たちのエクリチュールと思想、ないしエクリチュールの思想への好みが見られる。バルトがエッセイを「曖昧なジャンル」と呼ぶのは、それが一定の学問的分析に基づいたものでありながらも、いかに表現するかというエクリチュールの重要性をもつからである。

バルトのこのようなエクリチュールへの愛は、何が語られているのかという内容の面を軽視して、どのように表現されるかという形式の面にこだわることを意味するわけではない。初期の『ゼロ度のエクリチュール』（一九五三年）以来、バルトが主張してきたのは、エクリチュールと思想が不可分で一体のものだということだ。作家の文体は、個人や時代のイデオロギーをまとっている。また、ものを考える者にまといつく身体の癖のように、エクリチュールは思想と不即不離の関係にある。ちょっとしたことば遣いや、語の置き換え、句読点や慣用句の習癖に繊細なまなざしを向けるときに、言語の政治性と作家の気質が見えてくる。

さて、ロラン・バルトはこのように「エッセイ」という不純な業績を小脇に抱えて、伝統ある講堂に訪れた。しかしながら新任教授は、講義の場でもエッセイをぶちまけてやろうと考えているわけではない。講義そのものをひとつの「小説《ロマン》」として実現しようと企んでいるのである。翌年には、「いささかも教えるのではなくて、語るだけ」というモンテーニュの台詞を自分の講義の銘としながら、この企みの方へ敢然と歩んでゆくことになるだろう。

「小説」はどこに？

一九七九ー八〇年の冬、人生最後の冬にバルトが行ったコレージュ・ド・フランス講義は、バルト研究に大きな二つの問題を残してきた。バルトの晩年は急ピッチに展開する一続きのドラマである。コレージュ・ド・フランスの開講講義に姿を見せた最愛の母親アンリエットが、その十カ月後に病死。アパルトマンの上下階に梯子をかけて行き来するほど仲が良かった。ほとんど一生をともに生活してきた母親を喪失する。一年半後の七九年、意気阻喪のなか『明るい部屋』を執筆。この喪のエクリチュールは、母の永遠の不在を際だたせる「写真」という現象をテーマとしていた。そして八〇年三月の春先、バルト自身の突然の死によってドラマの幕が下りる。

当時、この終幕は母の死とそれ以降の著述や講演によって説明されると考えられた。七八年あたりから、愛する作家たちを論じたロマネスク（小説的なもの）をたしかにバルトは実践していた。そして死後にエリック・マルティが編集した全集のなかで公開された、*Vita Nova*（新生）あるいはV.Nと題されたメモの束が[*4]、また論議を呼ぶ。これは死によって途絶されたある小説のプランなのではないだろうか、と。

ところでバルトがコレージュで行った最後の講義も、《Vita Nova》に関するものであった事実は看過できない。結論を先回りするようであるが、エリック・マルティがA4・八葉のメモに「書物の計画」と副題をつけたことは決定的なミスであろう。マルティは、現代作家のアーカイヴを集めるＩＭＥＣに関係する研究者であり、ルイ・アルチュセールの遺稿をめぐって直近の弟子たちと対決したアーカイヴの思想家、いってみればアーカイヴの政治学者でもあるのだけれども、この点に関してはこれほど罪な過ちはない。誤解が誤解を呼んで、バルトの「小説」をめぐる議論を再燃させてしまったのである。たしかに、*VITA NOVA*（新生）と外題のついた赤い厚紙のファイルから出てきた紙葉の束を見てみれば、どこかしら遺言めいたものを感じる。「さあ、この謎を解くがよい、わたしの最後の欲望、わたしの生涯のすべてを含むこのメッセージを解読するがよい」と、そんな声を聞き取るのも無理のないことだ。

それなのにVITA NOVAファイルが単なる講義メモだとしたら、バルトの小説を思い思いに描いていた読者たちはがっかりしてしまうに違いない。しかしながら、講義メモの仮説もまったく荒唐無稽な話ではない。これらのメモは七九年の八月から九月の間に書かれたものである。そして同年末から翌年はじめにかけての時期に、バルトは講義のなかでほぼメモに一致する内容を展開するからである。

バルトは小説を書こうとしたのかどうか。それは言動の端々から判断すれば、絶対に「書くと願っていた」と答えるよりほかない（『プレテクスト――ロラン・バルト』などを参照）。けれども、それはファンタスムから離れて具体的な企図《プロジェ》となっていたのかどうか、これに対しては口調を強く「なっていなかった」と答えることにしたい。メモのなかに繰り返し現れてくる、そもそものはじまり、プロローグとしての喪に続く「七八年四月十五日の決心」の意味は、本書を読み進める上で読者に判断してもらうことにしよう。この決心が小説を書く決心とは違う可能性もある。ただひとつ、フランス語の単語がもつ意味範囲を日本語のどれかひとつに決定しなければならないなどという愚案を承知の上でいうならば、草稿の標題《VITA NOVA》の下に見られる《Morales sans espoir d'application》という補説的副題の"morale"の語に注目することもあながち無意味とはいえないだろう。"morale"はもちろん全体を包み込むようなかたちで「道徳」なのであるけれども、これを「教訓」（leçon）や「寓意譚」（moralité）の方へと位置をずらすこともできるだろう。「いかす希望のない教訓」が最愛の母アンリエットの死に関係することは確かなように思われる。それは、バルトの人生における「断絶」（rupture）であった。

そして、理法が定める逃れようのない運命を表す「役に立たない寓意譚」、これこそが《Vita Nova》という「小説」なのではないか。本書のこの段階では、それは単なる想像に過ぎぬにしても、この点は決定的に重要な意味をもつ。「講義」で展開されるのは、まさにこの「寓意譚」にほかならないからである。しかも物語の主人公は、長い経歴を重ねてきたバルト自身であり、そこでは仮面《マスク》を失った人間バルトの寓意が語られるのである。本書は、「バルトは『講義』で『小説』を実践した」ことを、考え直す試みにほかならない。

人生を生き直すことはできない。だから自分には役立たずの寓話。これが勝義の「経験」の本質である。また自分がこの寓意譚を残したところで、これは何人《なんぴと》の役にも立たない。エクリチュールの孤独な作業の本質、その生と死の営み、また文学と社会の関係を考えぬいたバルトなら当然そう考えることだろう。何の役にもたたないけれども、必要な「欠ー場」(atopia)が文学である。凡俗な言い方をすれば、ビジネスなどの必要の外で書くことと読むことは金にはならない上、登山や野の散歩、海潜りに比べればはるかに満足感の低い暇の潰し方である。そこには生が満ちあふれていて、自然は生の根源のエネルギーを与えてくれるというのに、書物は死臭を放っている。それでもなお、文学が必要だといえ、生活を豊かにするといえるのは、なにゆえのことだろうか。

エペソスの哲学者、冥いひと(晦渋家、詳細の分からないひと)と呼ばれたヘラクレイトスは、「同じ川に二度と入ることはできない」といった。流れが湧いては消え去ってゆくように世界は流転する。そのようにしてとり返しようもない一回一回の個々に単独的な「経験」、それが文字のかたちで刻まれると書物となる。だから書物がふくむのは幽冥の国なのである。そして、ヘラクレイトスが看破したように、川は流れながらも同一性を保つ秩序であることと同じで、書物もまた言語という持続の場なのである。

記号の森を踏み分けてバルトの「新生」に奥深く潜り込む前に、以上の標註を余白に立てておく。

「新生」講義の状況

バルトの死後、七九―八〇年冬の講義には、書かれなかった小説「新生」の内容が含まれていると考えられた。バルトは、母を失ってから生きる気力を失っていたといわれる。たしかに、冬の講義も喪に包まれた雰囲気のなかで行われている。しかし、その喪はしめやかなものではなく、不気味なまでに死を客観化したものである。八〇年二月二十五日、バルトはコレージュ・ド・フランス前の街路で軽い交通事故に遭い入院する。六十四歳のバルトが息をひきとるのは翌月の二十六日、原因は青年時代からつき合ってきた結核がもとの呼吸不全。事故から死まで一カ月の間隔があり、そして死因は直接負傷とは関係のない衰退によるものであった。彼の周囲には、彼の絶息を一種の意志的な死ではないかと見るむきもあった。母アンリエットの永逝により、ロランはすっかり生きる気力を失っていたというのである。さらに交通事故の目撃者は、走ってくるバンに向かって足を踏み出したようだったと証言する。

しかしながら、こうした喪のエピソードとは反対に、一方では講義の余白から「小説《ロマン》」の執筆に賭ける並々ならぬ意欲がうかがえる。これがもうひとつの問い――バルトの死によって宙づりになった「小説」の内容――をたてた。このふたつの不可解を見極めるには、冬の講義（《「小説《ロマン》」の準備II――意志としての作品》）の全体を見なければならない。しかし講義録の出版は長いこと果たされず、ルイ＝ジャン・カルヴェが伝記執筆の苦労を語っていたことからも分かるように、故人の周囲からの警戒は通常の範囲を超えていた。だが、すでに講義題目には「意志としての作品」と書かれていたのではなかったか。作品を書くという意志そのものが、それだけが、作品準備期間の「快楽」を存せむのではないだろうか。ファンタスムは作品の完成後には霧散してしまうのである。

七八年頃と思われる自宅でのバルトの「イメージの断片」を、パトリック・モリエスが回想している。大机の上にはカルパッチョの素描集、ベッドの脇には識字教育についての歴史書、バルトはまだ母親の喪失がもたらした抑鬱のなかにいたという（七七年十一月のある晩——「わたしはこのように、彼女が死んだばかりのアパルトマンの一室で、ランプの灯りの下、ひとりきりで一枚一枚母の写真を眺めながら、彼女と一緒に少しずつ時間を遡り、わたしが愛した顔の真実を探していた」——『明るい部屋』）。

バルトが、「ふだんよりも真面目な口調で」プルースト風の小説の計画を語るのをモリエスは聞いたという。この著者の証言が信頼に足るかどうか、保証はなにもない。なにしろ「記憶のイメージの断片」でしかないのである。たしかにそれが事実としても、著者がこの夜の印象から導く判断は興味をそそる。バルトの「小説」（の計画）について、「まったく仮想の現実であり、誘惑的な幽霊《ファントーム》、そうでなければ約束または期待にほかならず、これこそがひたすら彼の筆運びを後押ししていたのだった」と結論するのだ（Patrick Mauriès, *Roland Barthes*, Seuil, 1992）。わたしは、この見解に魅力を感じる。バルトが語ること（「プルースト風の小説を書く」）と、バルトが考えていることとの間にあるズレがどのような心理から生じるものなのかと、興味を引かれる。

この結論を裏づけるかのように、バルトは七九–八〇年冬の講義（以下「講義」と略す）で実際に「夢想されたかたちとしての作品」（l'œuvre fantasmée）について語っている。

重要な作品を書こうと思ったり、欲したりするときに、準備段階ではまだその作品の形式だけをひとは望んでいるのがふつうです。どのようにこの作品を満たそうというのか、正確には知らないわけです。そこには夢想された形態というテーマがあります。ところで今週のことですが、偶然わたしはジュベールからの引用に出くわしました。もう百五十年も昔のことなのに、その文はわたしが語る以上にとてもよく、たった数語で夢想された形態というものをいい表しているのです。「一著作の初期の思想と形式はひとつの空間でなければならない。素材が配置されて整列される簡素な場であるべきで、配置されて整列されるための素材であってはならないのである」。夢想されたかたちの完璧な定義でしょう。

ジュベールのいう「場」の問題は、電子メディアが盛んに語られる今、きわめてアクチュアルな、それでいて古い問題である。本書はバルトをプレテクストとしながら、これすべて「場」を語るために書かれているといってもよいくらいだ。だが、ここではひとまずバルトの「小説」に話題を絞ろう。「講義」を振り返ってみると、死と小説執筆に関わるふたつの問いがもつれあいながら、ひとつの問いに収斂していたことは明らかである。その焦点が《vita nova》つまり「新生」の問題だ。「講義」の内容を大まかに検討すると、「死」と「小説」がバルト個人の問題ではなくて、普遍化されたテーマであること、したがってどちらもカッコに入れて考えるようにと導かれる。その迫力はとてつもない。たとえば、セメスター中も重要な回の前半をバルトは次のように締め括っている。長いがそのままの調子を再現してみると以下のようになる[*5]。

拮抗する力から作品を絶えずもぎ取らなければならない。作品が純粋に一個物であるという意味で、この力は自然あるいは社会的自然の次元のものです。なぜならば、生活の管理（gestion）が人生の時間それ自体を呑み込んでしまうのはあたりまえのこと、少なくとも人類の営みのなかで現在に至るまで、そしてこの自然を変えることこそが現在では祖国をもたぬ社会主義の意義そのものでしょうけれども、この自然の力はあたりまえのこと、人類の出現からあたりまえのことと見なされてきたわけです。つまり生活の管理、生活の維持、存命、そうしたものが人生につかずはなれずしてあるのはあたりまえなのです。人間はただ生き続けるために生きているのです。社会主義の賭金が、そこでは生の維持や存命に必要な時間が縮減されて、そこでは残りの時間がいかようにもせよ創作に捧げられるような社会を創ることだったのは明白なことです。なんたるユートピアでしょうか、でもこれは公然としたことです。そのような社会は実現していないのですから、いまのところ創作とは自然からもぎ取らなければならないものであり、余剰、豪奢、てらいのない豪奢なのです。作家のように一見優雅な社会的個人であっても、管理のための仕事（tâches）は生の維持しか産み出さないもので、作家が本質とする余剰からみれば不毛なのです。

バルトは、続いて作家がいかに社会生活において「管理」を義務づけられているかを尋常でないほどの詳細にわたって述べている。そして、この「管理」への嫌悪感、「管理」が創作の時間を奪っているという憎悪の感情は、もちろんバルト自身の経験の逸話にほかならない。それも、コレージュ・ド・フランスという環境にきて、時間的に以前より余裕をもてるはずのバルトが語っているのである。「作品」と呼ばれるべきものの執筆をバルトは欲していただろう。その内容が小説であるのかどうかは分からないにせよ。

よく知られた最初期のバルトの「エクリチュール」の概念と、途方もないその後の変化については、別の章で詳細に扱うべき問題である。とりあえずここでは、ある時期（たとえば七〇年頃までの記号学の時代）のロラン・バルトがエクリチュールを言語活動一般の問いと切り離せないかたちで考えていたことを確認しておこう。たとえば最初期の著作『ゼロ度のエクリチュール』のなかで、エクリチュールは言語活動を超越するひとつの可能性としてとらえられている。革命期の新聞「ペール・デュシェーヌ」[*6]のなかで、エヴェールが「てやんでぇ！」(foutre) とか「べらぼうめ！」(bougre, bougrement) と調子をつけて記事を始めることに触れて、これらの語は厳密な「意味」を欠いているけれども、革命の状況と自己のスタンスを表現する「言語活動の彼岸」であるとバルトは主張する。

ある時期、イディオレクトとソシオレクトの区別を立てて、社会言語学的語彙論の方へと向かっていったバルトだが、『テクストの快楽』（一九七三年）ではディスクールの方へと向かってゆく。だがつねに言語活動の政治性の問いは捨てない。[*7] ソシオレクトとは、職業や家系、教育などの要素から形成されるひとつの社会階層グループのなかで使われる言語使用のことであり、これは言語活動の問題である。一方のイディオレクトの方は、個人に特有の言語使用であり、これは作家のスタイルの問題、文学の問題へとつながる。

註

＊1　クリストフ・シャルル「コレージュ・ド・フランス」*Les lieux de mémoire*, sous la direction de Pierre Nora, tome 1, Gallimard, 1984.

＊2　コレージュの歴史は、ギヨーム・ビュデの要請を受けたフランソワ一世が、一五三〇年に六つの王立教授講座（ヘブライ語三名、ギリシア語二名、数学一名の王立教授団）を創設したことに始まる。檄文事件以前のフランソワ一世はルネッサンス文芸の庇護者として知られるが、彼が絶大な信頼を寄せていたのが、「知の英雄」としてユマニスト（人文学者）をリードしたビュデである。ギリシア語を独習で開拓しながら文献学の方法を確立することにより、ビュデは知のエンサイクロペディアを夢見た。当時のパリ大学には、トマス・アクィナスからドゥンス・スコトゥスの時代の学問形態が、そのまま残っていた。パリ大学が停滞する一方で、コレージュ（王立教授院）はユマニスムを発信する地としてスタートする。

一方、十二世紀から十三世紀にかけてかたちを整えたパリ大学は、もともと王権や司教からの自治を求めてつくられた神学や論理学の教師・生徒組合《ギルド》のようなところから出発していて、主にローマ教皇の援助により自律性と特権を固める。教授の注解とそれに続く討議からなる中世スコラ学風の講義が数世紀も維持されていた。また宗教改革の後にもカトリシズムの牙城としてプレスティージュを保ちながらも、学問的な革新性には乏しい存在だったのである。

＊3　《Leçon》, o.c. = œuvre complète, tome 3, p.801（邦訳『文学の記号学』花輪光訳、みすず書房、一九八一年）

＊4　Vita Novaノートは日本語のかたちで読むことができる。石川美子訳・解説「新たな生」『ユリイカ』一九九六年六月号、特集「ロラン・バルト」。

＊5　バルトが「講義」で作品というときに、それは大文字の「作品」のことであり、つまり作家にとって生涯を賭けるだけの得難い価値をもつもの、またその執筆を取り巻く生活の全体を指しているのだが、本書では煩雑を避けていちいちカッコで括っていない。

＊6　フランス革命期には、エベールやマラー（「民衆の友」）のように、個人が発行（編集・執筆）する著名な政治新聞が急増した。革命前に六十を数えた定期刊行物は、革命期にパンフレット並のものも含めると五

百紙を超えたといわれる。エベールの「ペール・デュシェーヌ」について、ルイ・ゲリはいっている。「週刊の「ペール・デュシェーヌ」は、全欄にわたって革命の敵たちを糾弾している。タイトルは発行者と意見の異なるすべての者たちを意味している」(Louis Guéry, *Visages de la presse*, CFPJ, 1997)。不正義に対して怒り猛る同紙は、野卑なことばだけが知られるというわけでもなく、ミシュレは発行部数八万部と、にわかには信じがたい算定を行っている。

＊7
「垢穢の言語（権力の保護の元に産出され拡散する言語）は規定通りの反復の言語活動である。国語に関するすべての公的機関は鸚鵡返し機械である。学校、スポーツ、広告、大衆作品、歌謡、ニュースは、いつでも同一の構造、同一の意味、あらかた同一の語を何度も繰り返して語る。ステレオタイプとは政治に関わる現象であり、イデオロギーの主要な文彩である」。(『テクストの快楽』o.c., tome 2, p.1515)
「現在の研究では、権力はひとつでなくて、社会内の交換のごく微細なメカニズムのなかにさまざまあるのだと考えられるようになりました。国家のなかだけではなくて、教室、グループ、さらに流行、風説、ショー、ゲーム、スポーツ、ニュース、家族関係や友人関係のなかにまで、また権力に不服を申し立てようとする解放運動のなかにさえ散在しています」。(『文学の記号学』o.c., tome 3, p.802)

〈新生〉の風景

1 新生へ！

「人間はことばなのです、ことばは人間と同義語です」
——バルト

「『テクスト』は何も語ることができない。テクストはわたしの身体を別の場所の方へと運び去り、わたしという想像的人物からはるか遠く、記憶をもたない言語の方へと運んでゆく。この言語はすでに「民衆」の言語、非主体（または一般化された主体）の大衆の言語なのであるが、かろうじてそこから区別されるとするならばそれはわたしの書き方によるよりほかない」

——バルト

新たな場、新たな生

コレージュ・ド・フランスの講座は「文学の記号学」と題されているにもかかわらず、かつての「記号学の原理」や「物語の構造分析序文」、『モードのシステム』の頃の厳密に言語学に依拠した記号学の姿はもはやそこにはない。EHESSのマスコミュニケーション研究所時代に、機関誌「コミュニカシオン」を舞台にE・モランやG・フリードマンといった社会学・経済学の著名人がフランクフルト学派風の大衆文化批判を展開するなかで、バルトは記号学を自らのエレメントとしていた。「文学の記号学」講座は、バルトにとっての新しいスタートの場であるだけではなく、コレージュ・ド・フランスにとっても新規の講座であった。バルトは記号学の基本的発想を自らの滋養としながらも、厳密な理論的記号学はどこか「乾いたもの」と感じるのである。この「乾いたもの」は、コレージュでのバルトの鍵概念、というよりも原動力となる。

開講講義は七七年初頭に行われる。講義を締め括る際にバルトは、トマス・マンの『魔の山』を読み返しながら、主人公ハンスがアルプス、ダボスのサナトリウムに入ることと、自ら肺結核により二十七歳ではじめてサナトリウム（グルノーブル近くのサン゠ティレール）に入った経験を重ね合わせたと切り出す。バルトにとってのサナトリウムのイメージは、修道院の生活である。またサナトリウムはアルプスのような高い山と切り離せなかった。ニーチェがよく自身の著書を「高山の空気」「強烈な空気」「ほんとうの高山冷気」と呼んだような場である。社会と隔絶された孤独、不治ともいわれる病気による死の影。だがそれだけではなくて、禁欲的な生活のなかにも「暇」があるのがポイントである。『ミシュレ』がサナトリウム時代の読書記録から執筆された話は有名だが、この「暇」は読書の楽しみももたらす両義的なものだった。バルトはいう、わたしが生まれるよりも前のハンスはわたしの身体に住んでいる、自分の身体が歴史的なものであることを確認した、と。「わたしの身体はわたし自身よりもずっと老いている」とバルトはいうのである。

これは、文学作品のなかにすでに自分の経験が書かれている、文学の営みの永く茫洋とした時間のなかに刻まれているという意味である。だが、ここでいきなりサナトリウム（修道院）の話を切りだしたのは、単なる逸話のためではない。バルトはルイ・ル＝グラン高等学校の最終学年のときに肺結核のため喀血し、二十七歳でサン＝ティレールの学生サナトリウムに入る。三年後には、ダボスから山を南に越えたレザンのサナトリウムに入っている。バルトが社会に出るのは三十を過ぎてからである。それから、きわめて旺盛な活動を行った後に、六十一歳のバルトは、そうそうたる聴講者を前にコレージュの講壇に立っている。

> 周期的にわたしは生まれ直さなければならないのです。わたしがいまあるよりも、若くならなければなりません。五十一歳のときにミシュレは彼自身の新生（*vita nuova*）を始めようとしていました。新しい著作、そして新しい愛をです。わたしは彼よりも老いていますけれども、わたしもわたし自身の新生に入ります。この新たな場、この新たな歓待によって徴づけられた新生にです。だからわたしはいまのいきいきした生のすべての力に身を委ねようと思います。それは忘却から始まります。自分が知っていることを教える時代があります。そして自分が知らないことを教える時代が続きます。この時代は「探究すること」と呼ばれます。そしていま新たな経験の時代がやって来ようとしています。この経験とは学んだことを忘れる（désapprendre）ことです。予見不能な手直しに身を任せるという意味です。それは忘却が、これまで通り抜けてきた知や文化、信の沈積に押しつけることです。（《Leçon》, o.c., tome 3, p.814）

このときのバルトは、同年秋に訪れる母の死を知るよしもない。だが母の死を予知するかのようにバルトは新生の決意を語るのである。コレージュでの輝かしい新生、文学との新たな取り組み……、そして愛する者を失った後の孤独な新生を。

世界、エクリチュール、やましさ

七九－八〇年度の講義が始まるのは七九年冬である。先述の「目隠しの教室」でスピーカーの故障があったために、バルトが前回の講義を「五分で」要約したことがある。

さて先週の土曜日では、「一次試験〔第一の試練〕」と呼んだものについてまだ続けていました。第一の試練とは、ひとつ作品を書きたいと願う者の試練のことでしたね。これは形式の選択と懐疑の試練でした。形式の選択は、それが夢想《ファンタスメ》された形式であるにもかかわらず、きっぱりといえば内容をもたないにもかかわらず、この選択はそれでもやはりイデオロギー、哲学、形而上学の次元での賭金をもっていました。要するに、マラルメがいったように建築的に構想された「書物」[*1](Livre architectural et prémédité)を欲することは、実のところ有機的に組織され構築されたひとつの全体のように世界を考える一元論的哲学に与することなのです。かたやアルバムを選択することは、相対的な多元論哲学をおそらく参照させます。アルバムというのは、最良の場合には非本質的なものの本質性、そうでなければ本質性としての非本質的[*2]なものを贈るように定められているのです。

そうして、「書物」と「アルバム」の弁証法へと話が向かったところで、次のことを……、もしも一冊の書物が仕上がる前に中断されると——たとえば作家の死去のような場合などですが——この残ったものはアルバムになると指摘しました。ここで例として挙げるべきは、もちろんパスカルの『パンセ』でしょう。また別の点から見ると、書物はひとたび成されてしまえば、時間の摩耗と浸食の作用に従うほかなくて、ごく簡略にいうと、これもまたアルバムとなってしまうわけです。結局のところ書物は、それがいかに古くても、本質的には引用のコレクションというか、ようするに廃墟の景観なのです。

さて、そこから他のさまざまな逡巡〔不決断〕をざっと見ました。第一の試練は逡巡の試練だからなのですが、数ある語や表記法のなかからどのかたちを選ぶかなど、「どうやって選択するか」、これが問題なのです。また書きたい者をおおいに困惑させるのは、意気、「それは必要だ」と感じる気持ちの阻喪《デファイヤンス》なのだともいいました。いまやっていたり、やりたいと思っている書物が必然的なものだと、どうやったら思えるようになるのでしょうか。代理というものがあるかもしれないといいました。必要だという気持ちをもてず、必然性に確信をもてないひとびとがいます。たとえばある読者の感情のなかに投影するのです。この読者は彼が書いている書物を必要としています、たったひとりの読者しかいないのではないだろうか、でもこの比類ない読者が必要としているかぎり、書物はそのとき必然のものとなるのです。

そして結局のところ、ひとつの書物の証の問いは恒真命題《トートロジック》のようなものだといったと思います。というのも書物は一種の現場でもたれる「それは在る」という感情によって証明されるからです。まあ、なかば神秘的な証明ですけれども。

そして最後に、「私自身の才能」の評価の問題を立てて、第一の試練を締め括りました。もしわたしが書物を書こうと思えば、見積もりが必要ですけれども、これは難しいものです、才能というのは、いってみればわたしに固有の能力に限界を見る感情、わたしにできること、その限界、その先にはわたしが進むことのできないもののことなのです。[*3]

先週から第二の試練にとりかかっています。話の内容自体が長いものですし、説明にも時間のかかる問題です。このふたつめの試練は、作品を成すに必要な時間、つまり忍耐の時間の試練です。この第二の試練は（A）と（B）の下位区分をもつと予告していましたね。

まず問題（A）はエクリチュール生活の物質的構成〔物質的側面での生活の組織化〕を扱いますが、これを「方法的生活」と呼ぶことにしました。「方法的生活」はシャトーブリアンのことばに借りたものです。ローマ大使時代に彼は、「ローマ人たちはとても方法的生活に慣れていたので、わたしも時間の計算にあたっては彼らを見ならっています」[◇1]といっていました。

さてふたつめの（B）の問題は、これとはまったく違っていて、「エクリチュールの実践」、つまりさまざまな障害、内的なわななき、作品を書いているさなかの人間の活動自体に干渉するブレーキに関するものです。

そこで、まず（A）の問題、方法的生活から始めました。第一に、作品と世界の間の競合関係について話しました、作品と世界は競合関係に入ります、そこで、胸を引き裂くようでもあり、また実際この競合に引き裂かれた典型的人物はもちろんのことカフカということになります。カフカと世界、作品との競合に入る世界とはどんなものであるかという点について、やや詳細に論じてみましたが、まずはカフカが「生業《すぎわい》」と呼んだものがあるといいましたね。生業は草の種というように、これはわたしたちがみなさまざまに課せられているわけで、ただモデルを除いて――モデルというのは大特権者たちのことですが、原則的に自分がやっていることを愛せるコレージュ・ド・フランスの教授たちのような者たちですね――「生業」とは職業的また社会的なすべての疎外形態のことです。

第二に、十七世紀のフランス語で「現世欲」(les concupiscences) と呼ばれ、二十世紀では「ナンパ」(la drague) といっているものがあります。第三に、愛、そして愛されることも、作品と競合するかぎりで障害となります。暫定的な結論として、作品と世界の競合のなかでは残念ながらおそらくほかの解決方法はないと……、つまりある程度のエゴイズムが解決策となるのです。

ヴィタ・ノヴァ

バルトは講義の途中、やや深刻な声音で「新生」を語り始める。文学者の生活と作品この両方の源泉からさまざまな例を採り上げる。「新生」をテーマとして、「生活」と「作品」を自由に行き交いながら語ることに、とまどいを覚える者も多いだろう。これは奇妙なことだろうか。通常の語使用、つまり通念のなかで生活は「事実」(何重にもカッコをつけなければならないだろうが) であり、作品は「フィクション」である。

一般に文学制度のなかで伝記的事実と呼ばれる「生活」は経験の側にある。「作品」は理念性としてなかばの存在論的ステータスしか与えられない。テクストの批評家が扱うのはこの理念的対象である。経験から隔離されたテクストは、文学的ディスクールが交換される——作品と批評、作品と作品、批評と批評のこだま、対話、合唱——ある種の超越論的な場となる。バルトは、この「場」の概念を拡大するだろう。なにも、「読書の経験」を語るのではない。「テクストの出来事」を語ろうとするでもない。作者の経験がテクストを通して読者の経験となるなどというのは、いかにもコミュニケーション理論にありがちな「電報モデル」ではないだろうか。

バルトは、作品は作者の「メッセージ」を伝えるのではないと『テクストの快楽』のなかで述べていた。文学にあるのは、コミュニケーションではないと強調していた。文学（テクスト）は言語のオブジェであると考えていたのである。作家が推敲を重ねながら磨き上げた彫像のようなオブジェである。これが日常会話や新聞の言語と違うなら、それは社会を統べる言語の掟への抵抗となるだろうと主張したのである。

ところがその著の発表後、一躍バルトは「テクスト」のひとと見なされるようになってしまった。このときの「テクスト」とは、先ほど述べたような超越論的な場の意味である。この誤解は、ある範囲でバルト自身が招き寄せたものである。が、バルトは「伝記」と呼ばれる経験を否定したわけではない。

そしてこの「講義」では、伝記とテクストがひとつのフィクションとなって微妙な色調をもったり、テクストが伝記的事実と変わらぬ経験のレベルに融合したりする。いまいちど考え直すべきなのは、この「経験」の概念なのである。作家の人生そのものが「文学」であり、作家が書いたものも「文学」であるならば、双方に次元の齟齬はなくなる。実際にバルトが試みるのは、生活のすべてを作品にかけて、作品の宿命を負う作家の姿の素描なのである。

> いまからわたしはある概念に取り組もうと思います。この概念に、ラテン語の名前、ラテン語のタイトルを与えました。よく知られたものです、それは「ウィタ・ノワ」という名前です。つまり新生です。「ヴィタ・ノヴァ」。どうして「ヴィタ・ノヴァ」なのかというと、わたしの物語《レシ》のあらすじにある作品の観念では、作品に荘厳な響きが与えられているからです。ふたつの理由があります。ひとつめの理由は、わたしが作品のことしか語らないこと。ふたつめの理由は、作品は生じない〔場をもたない〕からです。荘厳となるただならぬ理由は、作品は存在しないことです。
>
> さて、作品を成してやろうとしているこの男のこの生活のなかには、人生の断絶の観念に結びついた生活の組織化があると考えられます。つまり生活ジャンルの更改、新たな生活の構成のことですけれども、これこそわたしが「新生」〔vita nova 以下文脈に応じて「新生」と表記〕と呼ぶものなのです。「新生」とは、ほとんど「新生」へのひとつの欲動、〔生理的〕欲求、ファンタスムです。[◇2] さて「ヴィタ・ノヴァ」、ラテン語の表現ですが、これはどんなときに使うかといえば、たとえば……、よく思い出せませんが、ミシュレが使っていたと思います。どうしてかというと、ミシュレは五十一歳頃のことだったでしょうか、かよわく繊細な二十歳の娘と出会

い、彼の「新生」を経験したからですよね。◇3 この娘は彼の死後、亡夫を濫用し、遺稿をひじょうな精力で修正することになるのですが、それはともかくとしてこの娘アテナイスとの出会いはミシュレにとってほんとうの人生の断絶だったのです。それはまた作品の断絶でもありますね。彼は一八五一年か五二年頃、政治的理由からナポレオン三世によってコレージュ・ド・フランスの講座を追われましたので、ちょっとした貧困を味わうのです。生きることの困難です。自著を読み返すこと以外にはなにもすることがなかったのです。また彼は――作品は、といいましょう――彼の諸作品は変わりました。それというのも、「フランス史」を部分的に放棄して、『海』や『鳥』『山』『女』……、ほかは忘れましたが、自然主義作品と呼ばれる一連の書物のエクリチュールに耽るからです。それでミシュレは「ヴィタ・ノヴァ」を経験したのです。たまに「ヴィタ・ノーヴァ」ともいわれますね。これはイタリア語表現ですけれども、ダンテの『新生』という書があるからです。この書は「ヴィタ・ノヴァ」あるいは「ヴィタ・ノーヴァ」といいます、実際にはどちらなのかよく分からないのですね。『新生』という書物は、とてもわくわくさせるような仕方で、詩の破片たちがあり、土地をとりまく状況を説明する物語がそれらを導くといった具合に、ふたつの要素が交叉しています。

新生／断絶

バルトは、ルプチュール、断絶、つまり人生の急変を説明する。

さて、よろしければ「新生」のアイディアについて、ちょっとだけ説明したいと思います。新生の発想は作品の端緒と同時に生じます。思うのですが、誰でも繰り返し断絶のファンタスムを経験するのではないでしょうか。生活ジャンルの断絶、習慣の断絶、恋愛関係の断絶など、こうしたものはたいていファンタスムに留まるわけで、夢想的《ファンタスマティック》な性質なのですけれども、「リベラシオン」紙の読者情報欄を見ていると、周期的にこの断絶の欲求（l'envie）あるいはこの断絶の欲動がかなりよく出てくることに気づきました。［…］

断絶のファンタスムには明らかにふたつの要素があります。まずは、〇〇を厄介払いするという要素です。なにかを厄介払いする、過去を厄介払いする、貼り付いてくる現在を厄介払いする、このようなファンタスムにおいて、断絶は解放者なのです、格助詞をもたない断絶、これは換羽、落屑、脱皮、不滅につながる新たな境地などの神話的イメージなのです。

そうなるとふたつめの要素は、新たに創造する、完全な新、壮大な新、勝ち誇る新から始めて創り出すことです。

断絶から創造へという道をバルトはまず文学を例に挙げて説明する。バルザック『幻滅』後の方で、すっかり絶望したリュシアンは自殺のそばにいるが、カルロス・エレーラと出会って新しい場所から人生を再開する。あるいはランボーの「見者の手紙」（「わたしとはひとつの他者なのです」）。

断ち切るとは、完全な惜別とひきかえに、根源的に「別の〈わたし〉」を生み出すことだとバルトはいう。

さて、断絶のファンタスムは生活の断絶ということになりますが、もうひとつ別の要素があります。それは別れのことば「アデュ」をきっぱり告げることです。新生は、かつて行われていたような世間へのアデュの儀式によって徴づけられます。プルーストは彼の小説〔『失われた時を求めて』〕に捧げられる隠逸生活に入る前に、実際にこのような儀式を行ったといえます。一九〇九年十一月二十七日だったでしょうか、ジョルジュ・フェドの《Le Circuit》の上演の際、ヴァリエテ座に借りた三つの桟敷〔ボックス席〕にすべての友人を招待し、社交界へのアデュを告げました。

もしもある日、わたしがどのように第一の試練〔一次試験〕を乗り越えるか決断して、わたしの大作をどのようにするか決めたとすると、わたしもプルーストのようにパラス〔八〇年当時人気だったディスコ〕でパーティーをするでしょうね、いまならヴァリエテ座じゃなくてパラスでしょう。これはいいですね。だって、きわめてありきたりな出版記念よりも、本をこれから書くというときに祝ったほうがいいではありませんか。

それはそうとして、断絶または新生のファンタスムには、これといって人間の人生のなかで定められた年齢がないでしょう。〔…〕誰もが、子どもだって新生のファンタスムをもつことはありますよ。たとえば家族生活に関して、学校の環境に関してなどなど、すこし違う具合に表れるわけですけれどね。新生のファンタスム、冒険的ファンタスムといってもよいでしょうが、誰もがこれをもちうるのです。

ですけれども、断絶について、もっとも心惹かれるのは老境に入るときではないでしょうか。ついでにいうと、わたしはいつでも老境そのものより、老境の入口を話すのが好きです。老境は数学的に定められる時期〔老齢〕ではなくて、なにごとかに入る運動なのです、それだけのことです。

思うのですが、老境（la retraite）の社会的な意味、最近では退職という労働組合的な意味となっていますが、それもまた胚芽として新生のファンタスムを宿しているのです。こうした話は平凡でつまらないものでしょうか。でも次のことを明確にしておきましょう。預言者風ではなく、家でのんびりするモデルを例にすることによって世俗味を加えて和らげなければ、この隠遁はどこか暴力的で過激なものを連想させてしまうのです。

「とても元気な老人ですね、驚きです」などと賛嘆しているのを聞くと、わたしはいつも不吉なものに感じるのです。［…］わたしにとっては、「続ける」というのは老人になってもテニスや恋愛から離れないことではないし、精力の問題ではないのです。続けるとは、この講義の主人公のように、老境によって可能なものとして獲得される断絶のことなのではないでしょうか。連続の休憩ではないし、生、延命のことでもなくて、それはひとつの新生なのです。新たに生まれることです。ミシュレを引用しましたけれども、彼はふつう老境に入る年齢で生まれ変わりました。けれども、この事実は彼が老いの束縛についての明晰な考えを失っていたことを意味しません。ミシュレは新生の成功にもかかわらず、次の美しくも哀しいことばを残しているのです、「老いという長い忍苦」と。

註

＊1　いわゆる「自伝書簡」のなかでマラルメは、「書物」と「アルバム」の違いを説明している。若い頃から、さまざまな機会と宛先に、またさまざまな依頼から生まれた詩と散文をまとめることに関して、マラルメはこれを構築された書物と呈示することは不可能であるし、ふさわしくないといっている。最初は、散乱した詩群よりも、かつて錬金術師が「大いなる作業」（大作品）を遂げるために家財や家屋の梁を燃やしたように、一冊の書物をつくりたかったという。つまり「すべてよく整い何巻もから成る、あらかじめ構想された建築的な書物」であると。だが、マラルメは断片たちが、折々の手を動かす瞬間的な価値から生まれたことを考えて、また「それらが一冊の書物ではなくて、一冊のアルバムを構成する」から優れているのだと考えて、「アルバム」という「有罪」のタイトルを選択する。パスカル・デュラン『マラルメの詩』、とりわけ五四頁以下も参照（Pascal Durand, *Poésies de Stéphane Mallarmé*, Gallimard (=foliothèque), 1998）。

＊2　「デリベラシオン」でも同様の指摘がされている。

＊3　この後に、難しいことではあるけれども、自分を導いてくれるものは、自分の真実に留まることだといいながら、ハイデガーの引用「わたしの可能の円環に留まる」を再び挙げている。

◇1　バルトはこの語だけを借りたわけではなくて、シャトーブリアンの「方法的生活」から来る発想は、「講義」の重要テーマのひとつとなる。一八二九年一月八日付のレカミエ夫人宛書簡。「あなたはわたしがなにをしているのか精確に知りたいでしょうか。五時半に起床、七時に朝食をとります。八時には自分の執務室に戻ります。あなたに手紙を書いたり、また仕事があれば少しやったりしています［…］。正午には二、三時間ほど遺跡を彷徨ったり、サン＝ピエールやヴァティカンに行ったりします。たまには散歩の前後に仕事上の訪問をします。夕食をするのは六時か七時半、それからCh・・・夫人と夜会に出かけたり、そうでなければ何人かの客人を自宅に迎えます。十一時頃にわたしはベッドにつきますが、盗賊やマラリアに満ちた田舎に帰ることもあります。そこでなにをしているのかですって。なにもしないのです。静寂を聴きながら、月光に照らされた水路に沿って柱廊から柱廊へと移る自分の影を眺めているのです。［…］ローマ人はわたしの方法的生活によく慣れていたので、わたしも時間を計算するのに彼らに従っています。彼らはなんと急ぐことでしょう。わたしはもうすぐ一日の時計盤を終えるところです」。（『墓の彼方からの回想』二十九書十四章）

◇2

ファンタスム（幻想）：「そのなかに主体が登場する想像上の脚本であり、そしてその脚本は防衛過程によって多少とも歪曲されたかたちで、欲望の、つまるところ無意識的欲望の充足をあらわしている。幻想は種々の形態であらわれる。つまり、意識された幻想あるいは白昼夢、分析によって顕在内容の基礎構造であることが明らかになる無意識的幻想、原幻想、などがそれである」。（ラプランシュ／ポンタリス『精神分析用語辞典』村上仁監訳、みすず書房、一九七七年）

原幻想：「［…］幻想生活を組織しているものとして精神分析が見出す累計的な諸幻想構造（子宮内生活、原光景、去勢、誘惑）これらの幻想の普遍性は、フロイトによれば、それらが系統発生的な遺産を構成しているからである」。（同書）

◇3

一八四九年一月一日、ミシュレからアテナイスへ、「年齢の違いがあっても、君がこの無限の愛の中で最も深い調和を、結局のところ、見つけるだろうと、私は信じています」。同年同月六日、アテナイスからミシュレへ、「私の願いはたった一つだけ。それはもし可能なら、どこかひと気のない場所に人目につかない小さな家をもって何本かの樹といくつかの花を植えることです」。一月九日、ミシュレからアテナイスへ、「君は私に〈新生《ヴィタ・ヌオヴァ》〉を、熱狂あふれた実り豊かなまったく新しい未来を、開いてくれなかったでしょうか」。（大野一道『ミシュレ伝』藤原書店、一九九八年）

2 小説それともファンタスム

シナリオ

英語圏で書かれたバルト論のなかでは出色とも思われる「エクリチュールそのもの」[*1]のなかで、スーザン・ソンタグは、バルトの「作品」が自伝で終わるのは必然的なことと述べながら、彼がゼミのなかで「テロリストかさもなくばエゴイストであるかをひとは選択しなければなりません」と語ったことを回想している。先ほど見たように、バルトはこの観念――暴力か静かな無為か、事務管理かエゴイズムによる創作か――の間で揺れ動いているかのようだ。バルトはやがて、おそらくエゴイズムを選択するのが正しいと結論するだろう。ゼミに参加した生徒たちが証言しているように、バルトのゼミは長時間に及び、カフェに場を変えても続けられたし、学生の面倒見もよかった。サン＝ジェルマン・デ・プレのカフェでひとり新聞や本を読む以外は、食事などでひとと一緒に時間を過ごすことも多かった。そして筆まめ、これも指摘できるだろう。バルトの表現を使うと、これらはいわば市民としてのバルトの顔である。市民であることは、教師や大学運営の役人でもあるわけで、「作家」であることはバルトにとってまったく異なる想像的次元にまで高められたことだった。繰り返すとバルトは市民として怠惰であったわけではない。ＥＨＥＳＳの部門長就任を要請したジャック・ル・ゴッフは、期待以上の能力を発揮してアドミニストレーションをこなすバルト、そしていつでも「正義」から活発に動くバルトを回想している。*2

アドミニストレーションとは、管理《ジェスチョン》やマネージメントに関わる部分である。作家は作品の創造。両者はほとんど両立しないかのようにバルトは繰り返し語っている。だが、政治はといえば、バルトのエクリチュールには繰り返しイデオロギーとまで呼べるような政治性が表れることがある。この政治性とは「言語の政治」のことだ。「作家は公共の実験者である」（一九六四年）との信念を忘れなかったのかもしれない。ここでは少し迂回をしながら、バルトが「作家」にいたるまでの道をどのように眺めていたのかを思い出してみることにしよう。

バルトは作家と著述家という区別を立てたことがあった（«Écrivains et écrivants», 1960, o.c., tome 1）。「作家」という語が指すのは、通常の意味で作家と呼ばれる、人生を創作活動に捧げるひとびとである。古典主義期から現代までの系譜のなかで、作家に固有の任務は言語（フランス語、日本語………）を推敲することである。「作家」は社会からその任務を託された、いってみれば公認の言語推敲家である。「著述家」（écrivant、造語）の方には一般に作家と呼ばれる者たちも含まれるが、彼らは言語の推敲に精力を傾けるわけではないし、その役目を社会から委ねられているわけでもない。彼らは文学を通して行動する「遂行的」なことばを行使する者たちである。メッセージの発信者とも呼べるかもしれない。

バルトによると「著述家」が社会に出現したのは、大革命以降のことである。ただしここで、社会上の変化がフランス語という「言語」に根源的な影響を及ぼしたと考えるのは早計である。歴史上の大事件により、社会がどれほど変化しようとも、言語というシステムに通常よりも大きな揺らぎが認められるわけではない。少なくとも直接的に影響するのではなくて、語彙において文化（流行、服装、社会の諸相）を通し、ゆっくりと変容するくらいである。言語《ラング》のシステムの変化は、非常に緩慢にしか進まない。

バルトが「作家」と「著述家」の分類で指標としたのは、「言語」ではなく「ことば」である。「ことば」は口話にかぎらず、言表の総体、各々の言語活動に現れるものである（語の選択、統辞的な関係、文彩など個人の選択の余地のあるもの）。「ことば」を行使し、推敲する行為は、言語に与えるもっとも直接的な影響となる。たとえばゾラからサルトルまで、十九世紀末から二十世紀にかけての「著述家」の誕生を可能にしたのは、ことばの所有権の分散であるといわれる。近代を通じて言語活動の唯一の所有者は作家であったとバルトがいうのは、作家たちが語の用法、ジャンル、構成の規則など生産の規則を発明しつつそれに従い、ことばを行使しながら文学を制度としたからである。彼らは文学を通して「偉大なフランス語」の洗練に専念する、ある意味では特権的な存在であった。だが、それは貨幣の循環の渦を免れているという意味においてではない。それは資本主義の流通経路に沿って社会に還元されるからである。作家は本来商品としての価値をもち得ない「思想」を「ことば」という形式に還元することで、ひとびとが貨幣を規準に価値を認めるものにする。

「国民の財産（Bien）の一種であるフランス語（la parole française）は、神聖なる商品であって、価値に基づく崇高な経済の枠内で生産され、教育され、消費されて輸出されるのである」とバルトは述べている。作家は「賞罰のないプラクシスのスペクタクルを社会に与えながら、世界を揺さぶる力を獲得する」とバルトはいう。ここでバルトがいう「作家」と正反対のイメージは、サルトル初期の「アンガジュマンの作家」である。作家は、文学のメッセージのなかで、世界の貧困や不正義と闘うべきであると考えられた時代もあった。二十世紀前半の知識人のイメージである。ところがバルトによると、「作家の責任は、意見やイデオロギーに対してのものではなく、文学を《失錯したアンガジュマン》として引き受けることにある」となる。「作家」は文学を自らの生と社会の目的として営むものであり、「作家」として言語に奉仕することを選択した者であるならば、これほど幸福な存在もないだろう。

重要なのは、バルトが「作家」によることばの仕事というとき、それはメッセージではなく、形式の面で考えられている点である。「作家」は世界の「なぜ」を「いかに書くか」に吸収するというのである。

バルトはソシオレクト（社会言語）についてもよく語っていたが、彼のソシオレクトの観念はバンヴェニストの発想に比較することができるだろう。バンヴェニストはディスクールの渦巻く交換のなかで、さまざまな集団が公共の言語を私物化するといったゲームに参加しているといっている。さまざまな社会階層がことばを自分たちの側のものとするために、興味の範囲内で通常とは異なる特殊な意味内容を割りあてる。言語が変化する一例は、この新しい価値をもった語がラングのシステムに還流して、語彙の分裂を引き起こすときに見られるとバンヴェニストは主張している。

たとえば業界用語や隠語などが一般に使われ始めることがある。NG、オペ、花道、シカト……。また本義とは異なった意味をもつようになることもある。政治の場は新語の陳列台のようなもので、「野合」や「守旧派」、また「構造的……」などといわれる場合、たいてい風変わりな意味をともなっている。

逸脱を避けるために、『ゼロ度のエクリチュール』からの引用を手短なまとめに代えることにしよう。

形式が文学的責任の審級となるのは、言語活動をぬきにしては思想もありえないからであり、［…］言語活動が分裂している状況を呈するのも、社会がいまだ和解していないからなのである。

わたしがいまから話そうとしているのは、とても重要なことです。ともかくわたし自身の強迫観念としては重要なのですけれども、それは管理《ジェスチョン》の問題です。時間性から見れば、作品や作品の制作は、成すべき作品の平穏な時間（le temps lisse）であり、そこから引き離すのがさまざまな管理仕事ということになります。すこし単純主義の発想になってしまいますけれども、管理の仕事と創作の仕事という対立は現実のある面を表していると思っています。そういうわけで、あらゆる生活は、ましてや社会生活ともなると、いかなる創造も目的とせずにただ維持するため、継続のための努力と仕事を必要とします。それらは管理の仕事です。

たとえば自著の管理もあります。ひとたび書いて、出版してしまうと、原則として社会は書いたものを管理するように要求します。どれほど望もうとも、書いたものは決定的に自分の仕事を離れることはないのです。自分が書いたものの管理に介入するようにと要求されるわけです。翻訳を承諾するか否か、再版するかどうか、そうこうしてたいていは書き殴り《ライティング》、ゲラの修正でまた書き殴り、書いたものの周りでは管理の仕事の喧騒がわき上がるわけです。管理はつらいものです。なんにせよ作家にしてみれば、完成した作品は、今度成すべき作品と引き換えに非本質的なものになってしまうのですから。

　みなさんのなかでこれから書こうと思っているひとはたいへんですね。困難なのは、自分では非本質的なものと思っている過去の作品を、重要なものとみなしなさいと社会が要求してくるときです。フローベールは、作品を終えてしまえば次の作品を夢みなければならない、完成した方のものにはまったく無関心であるし、それを読者に公開するのは愚かさによるもので、自分には必要ないと感じられるものなのに、出版せねばならないという既成観念に従ってそうするまでだ、といっていましたね。

　この考えはちょっと行き過ぎの気もしますけれども、「出版しない」という問題についてはまた後で考えましょう。さて、書いたものの管理のすべての仕事は実のところ苦痛なものです。すくなくともわたしにはそうです。なぜならそれはコピーの仕事だからです。著述を管理するとは、結局いつでも再コピーすることだからです。何週間も、大半の日にちを費やして、再コピーをしながら暮らすことだってできますよ。つまり、レポートを書き捨てたり、すでに述べたことをインタビューの形で繰り返したり、以前のものを更新したりするわけですけれども、創造とは非－反復によって定義されるものなのです。創作するとは、自分にとってオリジナルのエクリチュールを実践することです。要するに出版前、著述のフォトコピーの前のエクリチュールです。しかし実際には、捨て書き、コピーが管理の主な活動となるのです。

　そしてそれに加えて、社会の周囲から課せられる管理仕事というのもあります。必ずしも世俗的なことではなくて、ひろい意味で関係的なものです。これがやっかいなのは、そこから生活や仕事の環境に関わる人間関係が生まれるからです。たとえば論壇などもそうですけれども、友人関係もまたあり、たいてい区別するのは不可能です。この関係の困難について話しているのは、結局それが自分に重くのしかかっているからなのです。たとえば手紙を書くのもこれはぜったいに管理仕事そのものですよね。人間関係の管理というわけです。手紙というのは即座に愛情の要素に浸されるので、純粋に客観的なものではありません。そうともなると、タイプライターで返事を書くわけにはいきません。アメリカ合衆国ではワープロ書きのラブレターを送ることも頻繁なようですけれども、少なくともフランスではまだ難しいですね。いずれにせよ、わたしにはできません。わたしの世代では友好の手紙にタイプライターで返事を書くとは、なんとも礼儀を欠いたものだと考えられているのです。

註

＊1　Susan Sontag, «Writing itself. On Roland Barthes», introduction, *A Roland Barthes Reader*, Vintage, 1993 (1982).

＊2　Jacques Le Goff, «Barthes administrateur», in *Communications*, n° 36, 1982.（およびジャック・ル・ゴフ『ル・ゴフ自伝』鎌田博夫訳、法政大学出版局、二〇〇〇年）

3 マケットとしての「小説」

前章まで駆け足でバルト「講義」の根本概念である「新生」について見てきた。そして新生という「静かな時間」と社会が課す「管理仕事」の対立へと、わたしたちは導かれてきた。講義のなかで頻繁に発せられる《わたし》とは、いったいどのわたしのことなのだろうか。ロラン・バルトは、著作と経歴の背後にある社会的存在の種明かしを弄《まさ》ぐっているのだろうか。それとも今後バルト自身に開かれるであろう、新生のプログラムにおける来たるべき《わたし》のことなのだろうか。

「バルトは小説を書いたのか」という問いにとって、これはきわめて重要な点である。バルトは自伝的作品を成したのだろうか。このような問題設定がある以上、ここで足を止めてそもそもの講義の枠組みを検討する必要があるだろう。

これまで「仕事」と語をあててきたことばは、フランス語の《tâche(s)》である。この語は「任務」などとも訳されるように、義務の概念を含んでいる。食べるための職業はかつて生業といわれたけれども、近代の政治的社会制度のなかでこれは「労働」となる。「仕事」における義務は、そのような政治的なものではなくて、生きてゆく以上最低限必要とされる雑用仕事、いってみれば精神分析の「要求」のように他者との関係から必然となるものである。仕事といえば、もうひとつおそらく崇高な意味を担ってバルトが留保する《œuvre》という語もあるが、これは主に「作品」を意味する。

さて、バルトはこれから「マケット」について語るだろう。マケットとは、模型や下絵、束見本のように、ほんものの代わりに一時的に仮構されるもののことである。それは計量的あるいは建築的な意味で、現実の対象に忠実にスケールダウンされた対象である。バルトは「シミュレーションによって、またシミュレーションのために創られたものをマケットと呼べるでしょう」と述べている。

それは前述の「タシュ」の語との関係のなかから言及されるかもしれない。フランス語には（日本語で）タシュと表記できる語がふたつあり、ひとつは「染み／斑点」（tache）、もうひとつが「仕事」である。マケットはイタリア語の《maquietta》から来たことばであるが、この語は染みを意味する《macchia》（ラテン語《macula》から）に小辞がついた語であり、カリカチュアや性格も意味したらしい。マケットの語源的意味を絡めて、バルトは染みの方の「タシュ」に、「染み」「徴」「素描」などの意味を込めている。なんの素描だろうか、小説？　それにしても、この小説にとって、いったいどんな徴がつけられているというのだろうか。

「染み」に対して、「仕事」の方のタシュのラテン語源の一部には、「期間内に実行すべき仕事」の意味での用法があった。この仕事（ouvrage）は、いまのフランス語ではもちろん作品を意味する。このように、作品ー仕事（œuvre/tâche, ouvrage-œuvre-tâche）の一連の関連がマケットの語に込められて、ひとつの「模型」、それも有徴の模型が素描されるのである。

そして、「講義」の最初には、この講義が一種のシミュレーションの試みであることが説明されていたことをつけ加えておかなければならないだろう。ギリシア演劇におけるパラバーズをやってみようといっているのである。つまり、舞台上の主人公が主人公の声ではなくて作者の声を語るかのように、講義を構成するのである。

タシュ―マケット―シミュラシオン

今後の授業の展開の前に、方法の問題についてパラバーズをやってみたいと思います。全体に関わることとして、昨年の講義と同じく今回の講義も――音楽や絵画についてすでに話したように――《愛好家》への関心一般が中心となります。世間で《愛好家》と呼ばれるものです。そして、《愛好家》の実践と価値について考えてみましょう。方法についてですが、昨年の講義のはじめと同様に「シミュレーションの方法」を用います。「作品を書きたい者」のシミュレーションをわたしがします。その人物が、わたしであるのかないのかということはいいません。ただ単純に、わたしは「作品を書きたい者」のシミュレーションをするとだけいいます。わたしは、それほど優れた理論家《メトドローグ》ではありません。でも、全体的な方法論の発表をするときには、シミュレーションの部分が必要だと考えています。ラボの実験で行われているようなシミュレーションです。

バルトはマケットを、「反省的熟考や分析操作に役立つ人工的なオブジェ」とも定義している。マケットは三つに区別され、第一のタイプには「例」「文法の文例」「隠喩」が入れられる。第二、第三の例を要約すると次のようになるだろう。

文学の世界では、作品そのもの、つまり神聖なものとして捧げられる作品〔成果〕が、作品それ自体のシミュレーションとして与えられることがあります。たとえば、制作の光景を上演する作品がそうです。絵画《タブロー》のなかの絵画はよくありますし、ジッドの『贋金づくり』、サルトルの『嘔吐』などもそうです。ダンテの『新生』もこのタイプといえるでしょう。物語とポエムが交互するわけですが、ポエムが物語を中断すると、今度は物語がポエムを導き、ポエムの制作の構成に物語が分析の反作用のように配置されるのです。

『失われた時を求めて』も優れた例です。作品を書きたい作家の声があり、失敗があり、最後に失われた時の探求そのものが作品であることを発見するのです。[…]

批評、文学理論、文学の次元で、いや文学教育の次元で、手段としてのシミュレーションがないのはたいへん残念なことですね。かつては、ラテン語の教育でシミュレーションが行われていました。批評は、分析を進めれば進めるほど知の断片の結合や、欲望の力が生まれますけれども、それは主観性に基づくものです。作品の準備をシミュレーションしてみる、つまり作品創作のシチュエーションや作品生産のポジションに自分の身を置いてみると、シチュエーションとポジションは区別されるべきものであることがわかります。

シチュエーションは作品をつくる「経験的」な要素です。みなさんの前で作品をつくるシチュエーションに身を置いてみると、これから作品をつくるための経験的条件にわたしは位置することになります。作品を出す、講義の終わりには作品を出版するということになります。もちろんそんなことはないわけですけれども。というのも、わたしは講義から生まれる作品を出版しないからです。もし出版するとしても、それは講義そのものの本でしょう。講義の準備については論じないでしょう。

さてポジションの方は、イメージの行為です。想像界[*1]なのです。そこでわたしは自分の役割を夢見て、ひとつの想像界を実践し、ひとつの想像界を展開します。サルトルが『存在と無』で語った有名な例があります。カフェのギャルソンが飲み物を客にもってくる[…]。カフェのギャルソンが自分の役割を反省的に考えてみるときに、彼はもはや単にシチュエーションにあるのではなくて、ポジションにあることになります。自分の仕事の疎外を発見するわけです。わたしも給料をいただいて「教授」をやっている以上、小説を書くシチュエーションに入るわけにはいきませんけれども、研究室で非合法的に小説を書く、小説を書く想像のポジションにいることはできます。わたしは教授である以上講義に関わらなければなりません。この講義でとりあげる問題がみなさん自身にも関連することを期待しています。

自由

小説としてのマケットとはなにか。「束見本」とは、仕上がりを確認するために印刷前に製本した見本のことである。大きさ、厚さ、背巾などの確認用なので、内容は「空白」なのである。この空白の内容は、作品を書きたいと欲している者の「小説」なのだろうか。この書きたい者が第三者であれば、バルトはその者のシチュエーション、つまり執筆の時間など作品創作の諸条件をいかに乗り越えるのかを模倣することになる。もしも作品を書きたい者がバルト自身であるならば、内容はふたつの可能性によって埋められることになる。未来の「小説」なのか、それとも「講義」なのか。

　方法としてのシミュレーションは、空想的に物語《ファーブル》を仮構するようになり、ロマネスク〔小説的な作品、小説的なもの〕の入り口に位置するようになります。モンテーニュは、〔…〕わたしはけっして教えない、語るだけである」[◇1]といいました。ここコレージュで、わたしはこれを講義の標語にしたいと思います。これからの講義は、スリリングな物語《レシ》になればよいのです。修辞学物語《イストワール》……、書きたい、作品をひとつ書きたいと欲しているある男の内面の物語です。修辞学の意味での討議決断《デリベラシオン》の物語《レシ》となればよいと考えています。[*2]

バルトはこれからの講義で、前述の「試練」の問題をとりあげる。小説を書くものはどのような試練を経験するのか、この問いはやがて宗教性を帯びたイニシエーションの問題の方へと流れてゆく。

　この男、つまりわたしたちの主人公、ちっとも英雄的じゃない主人公は、複数の固有名をもちます。あるときはフローベール、あるときはカフカ、またマラルメ、ルソー、プルースト、トルストイなどのやり方で書こうと試みるでしょう。また成功したときには、この男の名は《我》(moi)でもあります。なぜそんなことをいうのかですって。わたしは小説を書きたい、ほんとうに作家となりたいから、仕事をして生きるために作家になりたいから。わたしは、その男に投射的に同一化するのだ。そんな風に彼が感じるからなのかもしれません。それは仕事の想像界であって、存在の想像界ではありません。[…]そういうわけで、この男はこれら作家のすべての名前プラス《我》をもつのです。[…]

この教室のなかには、将来書くひともいるでしょうし、書かないひともいるでしょう。書かないひとにも面白いというのは大切なことです。

ところで書こうと思っているひとたちは、講義が進むにつれ、執筆がうまくいかない苦悩に極度の不安を覚えるでしょう。それで、週ごとに出席者が減ってゆくかもしれませんね。

註

＊1　一般的に、《l'imaginaire》は訳語として「想像的なもの」をあてるのが妥当であるが、明らかにバルトはラカンのこの概念を、フロイト的な局所論のイメージで語っているので、「想像界」と訳した。バルトは、インタビューなどで何回も、自分はラカンの意味でこの語を使っていると言明している。「ラカンが《イマジネール》の語で指しているものは、イマージュ間のアナロジーと深い関連をもっています。それというのも、イマジネールとは、アイデンティフィケーションの運動のなかで主体がひとつのイマージュにぴったりと張り付くような主体の圏域でして、とくに主体がシニフィアンとシニフィエの合着を拠り処とする圏域なのです。ここには、イマージュとモデルの表象、比喩＝かたち化、均一性のテーマがあります」(o.c., tome 3, p.317)。しかし『彼自身によるロラン・バルト』の読者にはなじみのように、バルトが（記号学関係以外の）ある専門語を使用するときには、厳密な定義に基づくものではなくて、その専門語からバルトが受けたイメージの世界によって独自の価値を与えられている。ただし、日本や海外の文芸批評家にもよく見られる誤用やいい加減な使用というわけではなくて、この講義のなかのように、バルトはある語を使用するときに自分なりにその語を再構築し、ある意味では厳密な再定義を行う。

◇1 モンテーニュ『エセー』（一五九五年）の「後悔について」（第三編第二章、原二郎訳、岩波文庫版の（五）、三九頁／Michel de Montaigne, *Essais de Michel, seigneur de Montaigne*, Paris, A.L'Angelier, 1602, p.819)。この章は次のように始まる。「ほかのひとびとは人間をつくるが。わたしは人間を語る。しかもきわめて出来損ないの一個人を描く」。この書物の「自伝」的な性質上、作中人物と作者モンテーニュの経験的存在が分かちがたいものであり、向けられるべき批判は「わたし自身」であると表明している。

＊2 「小説」のシミュレーションを行うといっても、その対象はさまざまにある。小説を書くものの物質的・歴史的諸条件をバルトは「シチュエーション」（状況）と呼び、小説を書くものがそれ自体について問いを立てる体勢を「ポジション」と呼んでいた。曖昧ないい方かもしれないが、ポジションとはなにものかに対して疑いが生じたときに、疑いながら問いを立てることである。それは世界の現れの実在かもしれないし、自己自身の役割と本来的存在のズレかもしれないが、バルトの用語は現象学的な設定に縛られることなく、小説を書くこと、その可否、自己の才能などの疑いも含まれている。

バルトはサルトルが例としたカフェの（目の前の）ギャルソンに言及していた。カフェで朝から書き始め、読んだり書いたりするサルトルは、ニーチェやネルヴァルにもつながるような「高山の空気と彷徨的散歩」の思想家なのかもしれない。身体の運動から生まれたのではないような思想を信じるな、とニーチェはいっていたが、やはりオリジナルな思想は奇抜なポジションから生まれるものなのかもしれない。

飲み物をテーブルに運ぶギャルソンの動きはどこかぎこちない。きびきびとしすぎている。まるで機械仕掛けの人形のようだ。このギャルソンは、自らの役割と向き合うことなく機械を演じている、とサルトルはいう。その男はギャルソンという職業をこなしながら、休日には外出し、恋人と映画を観たり食事をしたりする。この役割をこなすことで生活は守られている。けれども、わたし＝ギャルソンの役割から離脱して外に身を投げ出してみれば、わたし＝……とはなにか？という問いが生まれる。そこは吹きざらしの荒涼とした砂漠である。この隠蔽された問いが剥き出しになるときに、人間は各々の事柄に対して選択を迫られる。この課題は、反射するように自己の存在へと戻ってくる。これは、「自由」というたったひとつの可能性でありながらも、自由の責務、あるいは苦役である。

4　母性、幼少、詩の故郷

人生の罅、新生の開始

ファンタスムを安易に語ると、それは夢想のようなものに成り果ててしまう。とはいえ、夢想の多くがファンタスムだということはありうる。バルトが子どもたちのファンタスム（学校生活からの逃避など）を、ここで語っているファンタスムとは別の表れ方をすると口早に付け加えたのは興味深い。バルトは明らかにファンタスムを、「ファンタスムを夢想するファンタスム」の意味で使用しているからである。

ファンタスムとは、いってみれば言語を語る以前の幼児がもつ〈母〉との想像的関係のことである。言語を語る以前というのは、社会的存在としての自覚も他人からの認知もない状態のことである。世の中にはやってもよいこととやってはならないことがあること、ことばの交換からなる象徴の網のような社会には、「いけません、ならぬ！」という禁止の声があることを、生まれた子どもはまだ知らない。語る存在となることを精神分析では象徴的去勢と呼ぶようであるが、これは理由のないことではない。

子どもは母親との想像的関係に守られている。お腹が空いたら乳を与えてくれるよき存在、自分の一部である存在、そんな母にも欠如があることを子どもは知る。そこに由来する母の欲望を、子どもは自分が叶えるものと信じる。ただし、ファルスは父の側にあり、これは一種の試練、掟のイニシエーションとなる。

ところで、ファンタスムとはまた「部屋」、自分を守ってくれる「城」のイメージでもある。外部の「悪い奴」のない世界。そんな幼少期を回想するのが、ここでいうファンタスムのひとつの特徴であるならば、その記憶の遡行がめざすのは《故郷》である。ただし、この回想は幼少期をするすると通り抜け、けっして到達できない起源の、起源のない《故郷》へと向かってゆくだろう。《故郷》とは絶対に到達できない欲望の対象なのである。それは社会的に責任を負った個人が去勢された存在だからというだけではない。その《故郷》は、ことばを媒介とした歴史的な連続性のなかで生まれ、死んでゆく人間が必然的に背負うことになる憧憬と絶望があいなかばするような悠久の対象なのである。唐突な例かもしれないが、たとえば奄美や宮古島の夜の深い海を見ていると、なんとも言いしれぬ郷愁におそわれることがある。自分はここから生まれてきて、ここに還ってゆくのだという確信をもったりさえする。この郷愁に代わるのがファンタスムなのかもしれない。

幼少期と故郷はいつも同時に顕れる。「断絶」のなかのニーチェは、「いまは母や故郷のそばに、または幼年時代の思い出の近くにでかけていくほうが、僕には適当なように思われる」と書いている（一八七七年九月十一日）。

バイヨンヌ！　バイヨンヌ！（満ち足りた街、小説のような街）

ひとりの作家の死は、わたしたちの読み方を変更せずにはいられない。そしてまさに死こそがエクリチュールを中断させて、いくつかの著作からひとつの「作品」を生み出すのである。死はひとつの文学的運命を封緘する。だが死が捺す極印はただ著作目録の封印であるばかりではない。それはひとつの出発を画し、それはテクストの新たな生を徴づけるのである。この新生はロラン・バルトによって始められた。作品は閉じられた、だがそのとき作品は書かれなかった何ページものフィクションに委ねられたのである。（フィリップ・ロジェ）

「断絶」から「故郷」へ、そして《母胎》へ。この章をそんな風にまとめることもできたかもしれない。本書が扱っている七九－八〇年度講義の約一年前の秋、バルトはコレージュ・ド・フランスで『わたしは長いこと早くから床についた』と題された講演を行っている（o.c., tome 3, pp. 827-836）タイトルはもちろんプルースト『失われた時を求めて』冒頭からの引用である。この時期のバルトはプルーストを自らの「小説」の模範としていた。（バルトはこの講演でプルーストとトルストイの間で逡巡しているが、秋には一度「トルストイ」をとり、最後に「プルースト」に戻る）。「講義」との関連でいうと、バルトのプルーストへの関心が晩年、とりわけ「形式」を中心に重要性をもつことが指摘できる。バルトは通常の意味での「自伝」を逸脱するプルーストの演劇的なエクリチュールを発話の観点から説明している。そこで語られる「わたし」（je）は回想し、告白する者のことではなくて、「発話する者」

であるとされる。そして「この『わたし』が舞台に乗せるのがエクリチュールの『我』（moi）である」と、「わたし」と「我」の隔たりを強調するのである。これはルソーのような自伝のモチーフからはほど遠いものかもしれない。過去の「我」と現在の「わたし」はふたつの他者なのである。

しかしながらこの講演のイメージの中心は、プルーストよりもむしろ「新生」である。ダンテにも言及されるが、そこでは同名の著作のことではなくて、ダンテの経験、あるいは試練に焦点があてられる。

ダンテは彼の作品〔『神曲』〕を「（われらの）人生の道のなかばで……」と始めています。一三〇〇年のこと、ダンテは当時三十五歳でした（その二十一年後に他界することになるでしょう）。わたしはそのダンテよりも年をとっています。わたしに生きるべく残されているのは、これまで生きたものの半分にも満たないことでしょう。とはいえ、「人生のなかば」が算術的な一点でないことはたしかでしょう。いまこうして話している瞬間に、いったいどうしたら自分の生存の全期間を知ることができるというのでしょうか。それも二等分にするほどまでに精確にです。この一点はむしろ意味論的なものであって、わたしの人生に新たな意味の呼びかけが突如生じる瞬間、変異の欲望が現れる瞬間、たぶん晩年の瞬間なのです。人生を変えたい、断ち切ってこと新しく始めたい、入門指導に従いたい、そんな欲望が現れるときのことです。ダンテは『神曲』のなかで偉大なるウェルギリウスに導かれて、歩を進めました。わたしにとっての導きは、さしづめプルーストでしょう。

ちなみにこの講演は「《新生》ノート」にある「七八年四月十五日の決断」から数ヵ月後に開かれた。このようにいっても「決断」を母の死へと直接的に結びつける必然性はなにもない。おそらくこの「決断」は、母の死よりも喪に、そしてこの喪に間接的な関連をもつものだろう。それはもっぱら「プルースト」に関わる問題である。しかしながらこの謎解きは、結論にゆずることにしよう。

自分の人生をやり直したいという願いは、バルトがすでに六〇年代に書いていたように、往々にしてひとつの「断絶」から生じる。来る日も来る日も、休日と平日の違いしかないような生活が続く。時が過ぎても、同じ顔をした休日と平日が交互する。昨日も見た陽光を横目に顔を洗い、四月が何度過ぎても微々たる変化もない無関心な顔の仕事場に通い、夜になれば友人と食事をして、それから寝る。たいてい生活とはそんなもので、持続こそが本質であるかのような自己目的からなる生活がそこにある。ところがあるとき、これまでに見たことのない風景に自分が立つこともある。そこは「暗黒の森」である。四方視界も十分に開けないような、見たことのない場所で、どちらへ向かったらよいのか、見慣れたものはなにひとつない。それは死と向き合うときにこそ生じるのかもしれない。

ランセのような愛人との永訣、身近な者の死もそのきっかけとなるだろう。「断絶」の長い暗がりのなかで、自分を導いてくれる者、まったく新しい生活の通過儀礼を指導する者が求められる。

「聴く耳をもつ者であれば誰でも、ひとは自分が死すべき者であることをあらかじめ知っている」けれども、人生のなかでは生きた時間を逆さまに数え始める時期が来る。これが老齢である。この老齢は老若にかかわらず「突然」訪れる。それはひとが「死すべき者であることを感じる」ときである。

もはや時間がそれほど残されていないと感じる作家は、自分の仕事が反復に過ぎないという思いに落胆する。ここでいう反復は、バルトが「管理」といっていたシーシュポスの苦役のような反復であり、作家はその反復のなかで過去を見ているのだ。

だが「断絶」によって意識が自己へ（つまり死に）と向けられたときに、ひとつの「出来事」が生じて作家の仕事に突然変異が起こる。「人生の道なかば」で、「作品」への最後の道が開けるのである。作家は明白な事実、「もはやいくつもの人生を試みる時間はない」という事実に目覚める。「わたしは、わたしの最後の生、わたしの新しい生、《新生》を選択しなければならない」とバルトはいう。ところが、信仰や哲学、理論、教養などを変えることは、バルトにいわせると「きわめて平凡」である。《新生は、「新しい形式」の探求、発見、そして実践だ》と主張するのだ。バルトの「小説」、それは「真実のさまざまな瞬間」の贈与であるといってもあながち間違いではないだろう。バルトは『失われた時を求めて』と『戦争と平和』のあるエピソードのそれぞれの読書のなかで、それらを「真実の瞬間」として受け取ったと語っている。たとえばひとは死について語り得ない、しかし文学は「死の真実」という不可能を読者の側で実現するというのである。この文学の贈与を《パトス》の語でバルトが語るとなると、そこには明らかに道徳的な色彩が見られる。バルトがそこから導くのは次のようなことである。小説は愛、憐憫を通して感情の共通性を伝えるために書かれる。この「同情」の道徳と見まがうかのようなバルトの言辞には注意が必要である。バルトは、これを明瞭に語り得るのはニーチェだといっているのである。ニーチェのエクリチュールもまた裏をかくように、バルトの立場にも裏を読みとらなければならない。ここではバルトは、アリストテレス的なパトスのカタルシスを否定し、パトスの「分割」を導入しているとだけいっておこう。この問題には後ほどまた戻る。

小説の使命は、自分が愛する者を語る、彼ら／彼女らの生を歴史の虚無に埋没させまいと「記念碑的エクリチュール」（ソレルス『経験の限界』、ニーチェ『反時代的考察』）を実践することだけではない（バルトはこの可能性を疑っているわけではないが、これをアーカイヴの熱病と呼ぶこともできるだろう）。小説は、《パトス》－「感情の真実」を語ることを使命とする。

真実の瞬間は、小説を書いている作家の側には当然ない。真実の瞬間は、人間が共有するパトスが読書のなかで実現するのである。だから小説は自我主義《エゴティスム》であってはならない。たとえそれが自伝的エクリチュールであってもだ。このエゴティスムを超克したときに、語り得ぬものとして言語から逃げ去る「感情の真実」が、それをなんとか描こうとする作家の格闘そのもののなかから「再現」されるのである。

日常生活の平穏とはなんでしょうか。わたしが定義するならば、世にあるさまざまな攻撃性の不在となります。ルソーが「意地悪」[◇1]と呼んだ者たちの干渉が一切ない状態のことです。「意地悪」はモリエールのいう「うるさがた」といいかえてもよいでしょうね。ここにわたしは三つのモチーフを見ます。

第一に、作品をつくるためには邪魔が入ってはならないこと。これはいうは易く行うは難いことです。その実現がどれほど難しいかをシャトーブリアンがいっています。「地上の片隅での二、三年の孤独さえあれば、『回想』の完成に十分だろう」。いいですか、この後が美しいのです。「だが、わたしは九カ月の間しか休みをとったことがないのである――母の胎内でわたしが生を睡らせていた頃」と……。驚嘆すべき表現ですね。ここが重要なのですが、シャトーブリアンは「この誕生以前の休憩は、もはや死後に、われらが共通の永遠なる母の母胎にしか見出せないだろう」と結んでいるのです。いいでしょう、作品(Oeuvre)はその大文字のイニシャルOをともなって、この大文字のOは腹のような雰囲気をもっています。こういいましょう。偉大な「作品」は、生誕前の生の、幸福な生の懐なのです。

第二の指摘です。それは思想のためには「なぎ」が必要であるということです。カフカから引用します。「わたしのすべての資質を自分からひき出すには、あまりに時間がなく、あまりに静寂がない」。この考えはとてもよく理解できます。わたしならいっそうラディカルに、哲学することなくして人生は耐え難い、人生を耐え忍ぶためには哲学しなければならない、わたしは自分自身のうちでわずかであっても哲学する必要がある、というでしょう。一服の忘我がないとわたしは耐えられなくなるのです。[…]哲学をするには時間が必要です。そこで、あまりにも過密な生活に対する底知れぬ不安が来るのです。人生について、その意味を省みる時間もない生活への恐怖です。古人が「慰め」と呼んだもの、推敲の時間です[たとえばセネカ]。要約すると、作品の仕事、そして思想のための休憩、これは一緒に進むのです。

第三に、以上のことは曖昧でもあり、いくぶん弁証法的なものです。結局わたしは、動き回れないことを心の底で苦々しく恨みに思っているかもしれないのです。動き回るのを災厄のように感じるものの、動き回れないのもまたもうひとつの災厄であることを痛感するのです。[…]

そこで、この行動への不適応を引き受けながら、自己の能力ないし無能力のうちに自分を引き戻そうと決心することになります。慌ただしく動き回ることは、自分が現実にできないことですから、なにかとても恐ろしいものと感じるのです。

有閑

七六―七七年度、コレージュ・ド・フランスの新設講座「文学の記号学」に就任したバルトの講義は、「どのようにして一緒に生きるか」と題されている（講義の全容は、二〇〇三年スイユ社から出版予定）。ここでは授業案内として予告された内容に若干触れておくことにしよう。一緒に生きるとは、家族や夫婦、さらに社会、ファランステール◇[2]などの制度的なことではなくて、個人の自由が排除されずにいかに共生が計られるかという、小集団からなる一種の差異の共同体◇[3]のことであると説明されている。注目してよいのは、文献が広範囲に及ぶと前置きした後で、とりわけ中世アトスの（ギリシア正教の）修道思想を参照すると述べている点である。アトスは、共住修道院メギスティス・ラウラ創設の地でもある。「規律」が少なく、修道士生活の個人性と孤独による精神的極限によって特徴づけられる。ヘシュカモスは、イニシエーションの各段階を辿って、「静寂」の状態から《非創造の光》を観て神と交わるという秘伝の知に基づく。それをもたらすのは身体の統制と無限の心の祈りである。

バルトはここで、文学における「孤独の部屋」の問題をとりあげるといい、ジッドの『ポワティエ不法監禁事件』、デフォーの『ロビンソン・クルーソー』、トマス・マンの『魔の山』などを扱うと予告している。

新生が「城」を拠点とする活動であるならば、そこから生まれる書物もまた城のイメージで語ることができる。「学問も技術もないのに書物を作ろうとするのは、石やそれに類するものがないのに城壁を作るようなものではないか」と、モンテーニュは自問し、自分の試みを弁護するための問いを立てた（『エセー』（五）原二郎訳、岩波文庫、三七頁）。

城としての書物に向かう者は、自らの生を埋葬する場を選ぶかのように彷徨ってゆく。それほど単純でないとは承知しながらも、やはりルソーを典型に挙げずにはいられない。

『孤独な散歩者の夢想』でルソーは、「地上でのわたしにとってはすべては終わってしまった」といいながら、「人々はもうわたしになにもすることができない」事実や、「隣人も、仲間も、兄弟もない」状況を心より憧れていたことのように語る（『孤独な散歩者の夢想』今野一雄訳、岩波文庫）。ルソーは「深淵の底で安らかに［…］不感不動の境地にある」という。この境地、なにものにも動かされず、なにものも攻撃性を及ばせない場こそ、書物という「城」だといえるだろう。ルソーは、『告白』で《わたし》の「記念碑」の建立を試みた後で、けっして「意地悪」たちが奪いとることのできない《内面という砦》のなかで「自分の魂と語り合う楽しみに浸りきる」と意気軒昂としている。

この事態をもたらしたのも、やはりルソーの「断絶」である。「怪物として、毒殺者、暗殺者として」世間で扱われ、道行くものが「挨拶のしるしとして、わたしに唾を吐きかける」ような人間世界からの追放について、自分は生きながらにして葬られたのだとルソーは叫ぶ。だが、葬った先を「意地悪」たちは誤った。ルソーは、この追放から城を、なによりも城壁を勝ち得たからである。

『夢想』は次の書き出しから始まる。

こうしてわたしは地上でたったひとりになってしまった。もう兄弟も、隣人も、友人もいない。自分自身のほかにはともに語る相手もない。（岩波文庫、一一頁、強調筆者）

「意地悪」たちが自分を人間たちに結びつけていた「いっさいのきずな」を「荒々しく断ち切ってしまった」。この奈落の底でルソーは、「そうだ、わたしは、たしかに、自分で気が付かないうちに、目をさましている状態から眠りの状態へ、というより生から死へ、とびこんでしまったにちがいない」と考える。だがこの謎に満ちた孤独な混沌は、なにも生み出さない「無」であるわけではない。「すべてのものから離れたこのわたしは、いったい何者か」という問いを生み出すのである。この探求だけが残される。『告白』が《記念碑》であるなら、『夢想』は老年の自己の《対話者》となる。スタロバンスキーが見事に分析したように、ルソーの今後唯一の楽しみは、書かれた「夢想」を繰り返し読みながら《対話》を続けることとなる。この対話は、過去の記憶との対話でもある。過去の記憶、あるいは歴史の経験は、けっして自己のものではない。これを対話相手として回収しようとする試みが《回想》であるなら、回想の作業と甦ったかのような記憶との戯れの道具となるのはエクリチュールであろう。

バルトはこのようなエゴティスムの先駆けともいえるエクリチュールに「小説」を対置した。とはいえ、バルトのルソー好きは変わらない。「講義」で挙げられる一見雑多な作家たちに共通するのは《城》

である。「城」は、胎内、ファンタスム、ことによるとモナドであり、そこから生まれる「書物」は社会に還りながら、言語の掟が編む「象徴的なもの」に化肉し、そして永々の種子となる。

このような「文学の営み」について、ニーチェほどきれいに表現した者はないだろう。


この書物はごく少数のひとたちのものである。おそらく彼らのうちのただひとりすらまだ生きてはいないだろう。[…] やっと明後日がわたしのものである。父亡きのちに産みおとされる者もいく人かはいる。（ニーチェ『反キリスト者』序言）

ひとは対話者を失ったとき、つまり周囲の誰もが理解の耳をもたずに、自分が「気狂い」として生きるよりほかなくなったとき、文学の営みの方へと進む。これは一見消極的なことのように思われるが、「意地悪」たちは彼ら狂気の作家たちを奈落の底に突き落としたように見えるけれども、実際にはその力により作家たちは「高山の空気」に上昇するのである。この上昇の運動は、自動詞としての能動的なエクリチュールそのものに見えないだろうか。

文学が存《なが》らう事実……。

要求は根源的に愛の要求である。ファンタスムから生まれた「作品」は、それが言語によってしか表現されないかぎりにおいて、作者にとってはいつでも「なにか物足りない」と思わせるものでしかない（絵画、音楽などの記号システムでも同じことである）。それは作品が言語の世界から確実に漏れてしまう欲望、夢、ファンタスムの世界から生まれるものだからだ。欲望をことばによって綴る文学は、ナルシスティックなファンタスムをことばによる要求へと変換する諦念でしかない。それでもなお文学が求められるならば、そこには読者という他者がいて、この他者への愛の要求に意味があるからだろう。愛の要求といっても、「我を愛せ」という執筆過程にある作家が抱くような、作家への愛というわけではない。作家のファンタスム、けっして表現されることのない享楽や、さらにはその欠如を、なにかしら普遍的なものとして読者が読者自身のものとして受け入れることから、文学の営みは繰り返し再出発する。

バルトは、書くには時間が必要だといっていた。作品成就の願いは動かないこと、閑暇の要求となる。閑暇（oisiveté）とは、バルトによれば「否－行為」、または「否－喧騒」のことである。そこでバルトは「書く欲望」と「書かない欲望」について語っている。

まず暇の欲望は、日常生活においてつねに些細なことで闘わなければならないことに由来する。地下鉄の乗車券一枚買うのに闘わなければならないのは、パリも東京も同じである。それは些細な例かもしれないが、こうしたことが積もり積もって、ある意味では非社会的な「自由」をひとは求めるようになる。招待を断って読書をすること。不動、動かない、塊になること。

しかしながら、「塊」となった自分は、倦怠《アンニュイ》、いいしれぬ倦怠に襲われるだろう。有閑の身となったいま、自分は作家だ。けれども、書いても書かなくてもアンニュイは続く。書くことのなかにもアンニュイがあるのだ。

さて、作品と連合した新生のなかで望まれるのは、なにがしかの時間、なにがしかの日々の時間性です。だから作家は、ほとんど嫌々ながらも、ざらつきのない時間に結びつけられます。このざらつきのない時間とは、邪魔のない時間です。これが問題になるのです。

フローベールは三十二歳で、「書くためにぼくには不可能なことが必要だ、不可能なことはどれほど望もうとも得られないこと、邪魔されないということです」といっています。作家は掟によって自ずから、自分の手に負えない時間に結びつけられているのです。まさしくそのため、作家の新生がねらう時間性は、哲学のカテゴリーに属すようなものなのです。実際に作家が望んでいるのは、なかば神秘主義的で、なかば天国のような、すべすべした時間なのではないでしょうか。なめらかな時間とは、自分の前に躓くものがなにもない時間、締め切りのない時間、待ち合わせもやらなければならないこともなにもない時間のことです。このなめらかな時間に比較できるのはなんでしょうかね。わたしは漂流だと思います。まさにこの漂流のイメージが、ルソーによって描かれています［…］。

彼がスイスのサン＝ピエール島にいたとき、ビエンヌ湖でのことですが、それは彼が閑暇の計画にひきこもっていたときです。そこで彼はよく小舟に乗りました。*1 引用します。

> 水面が穏やかなときは、湖のまんなかへと漕いで進んだ。風にまかせて漂流する瞬間はあふれるような歓びを与えてくれる。その原因が、「意地悪」たちの手の及ばないところにいることの秘密の祝福なのでなければ、ほかにはいいあらわしようもないし、ほかの原因は思いあたらない。

老いていたとはいいませんが、ルソーはこのときすでにかなりのときを生きていました。そのような年齢の者がなによりも望むのは、平和が与えられた事実の意味を理解することです。老いたルソーが生きていたのは、幼年期にも似た無垢のとき、無害のときなのです。子どもというのは、ひとがけっして害してはならない者のことです。おそらく人生の最後には、これに対応して、ひとを害したくはない者のときがあるのでしょう。

さて、このなめらかな時間は壊されてはならないものです。問題はそこにあるのです。この時間といえども、どうしても拍子をつけられなければならない、なにかしらリズムに従って仕事に節をもたせなければならないからです。なめらかな時間は、規則的な時間でもあることが大切です。規則に従わなければならないのです。すこし矛盾するようですけれども、どのようなものであれ喧騒の方はリズムがないことによって定義されるのです。喧騒イコールリズムなし。リズムさえつけば、もうそれは喧騒ではありません。

パリ八月十五日、貝、病気――ファンタスム

八月は、ヴァカンスの季節の中心であるが、さらに十五日は、アソンプシオンと呼ばれる聖母被昇天祝祭の大休日、暦上の節目ともなるときである。この十五日、二十四時間ひと気のないパリの夢想をバルトは語っている。それは社会の睡眠のようだ。自動車のない道路、街角、川岸通りに沿って、

こちらの街区では重々しい石造の灰色がすこし白みを帯びたかと思うと、あちらでは太陽に反射してすこしばかり橙《だいだい》がかった建物が無表情に並ぶ。この空虚なイメージのなかで、ひとが休息の心をもてるのは、翌日になれば社会が再び、そして新たに鼓動を始めることを知っているからだとバルトはいう。

この「世界の喧騒の外」にあるかのような平穏は、「閑暇」と比べることもできる。倦怠からの出口としてエクリチュールが生まれる。けれどもまさにそれがため、作家は一種の閑暇、無為としての書くことに猛烈な勢いで執着するようになる。無為というのは、それが塊のように動かないようにしか世間には見えないからである。

「倦怠は書くこととの間に両義的な関係をもっています」とバルトはいう。なぜならば「エクリチュールのさなかで、倦怠は猛烈な仕事の力となるが、外側から見るとそれは不動の顔しかもたない」からである。

バルトはその例として、フローベールによるジョルジュ・サンド宛の一通の手紙を引用している。

わたしはまったく貝のような生活をしています。いま書いている小説は、わたしを縛りつけておく岩のようです。世間で起こっていることがまったく分かりません。(一八六八年九月九日)

一年後には、レヴィ書店から『感情教育』が出るだろう。

フローベールは、母の死の一年後、「人生の道なかば」も過ぎた頃の一八七三年に、またジョルジュ・

サンドに一枚の手紙を書いている。

わたしは「なにもしないことの喜び」を絶対に経験しないでしょう。本を一冊抱えていなかったり、一冊書こうと想像しなかったりしたとたんに、うめき声をあげる倦怠が襲いかかってきます。人生は、はぐらかしでもしなければやりきれないもののように思われます。

貝の比喩が、作品執筆が必要とする「城」の状態を表すものとするならば、上の手紙は倦怠とエクリチュールの関係をもっともよくいい表すものといえるだろう。この閑暇―エクリチュール―倦怠の関係を考えるときに、新生や城の語で表現してきた閑暇の時間は、実のところけっして閑暇などではなくて、内的な「貝」のような猛烈なエクリチュールの時間だということも考慮する必要がある。七六年のルロワイエ・ド・シャントピ宛の手紙も引用しておこう。

大小説をひとつ書き始めているところですが、しばらく離れて、短いものをいくつか書いています。こちらの方がより簡単なのです。今度の冬には、三つの中編小説が出版できる状態になっているはずです。

わたしはいま（少なくとも夏の間）すっかりひとりきりで生きています。仕事をしないときは、夢想の後に回想が続き、これを伴侶としています。その繰り返しです。

小説の執筆、中断、再開の間にもエクリチュールがあり、夢想と回想のただなかにまでエクリチュールが及ぶだろう。同じ頃フローベールは「なんとも懐かしい回想が引き寄せるこの古い家に戻ってきた」とも書いている。このような新生の時間は、「プロテクション」の状態にある。老いがそれを可能にするならば、これから「作品を書きたい者」はどうすればこの新生の「なめらかな時間」を手に入れられるのだろうか。

バルトは、唯一の解決策は「拒否する」ことだというだろう。生活の「管理」から来る脅迫的な攻撃性から身を守るために、いいいシステム的に拒否するというのである。ひとがなにか要求すればノンという、招待を拒否する、手紙の返事を拒否する、電話を切る、ひとといっさい会わない、などなど。これはあまりにも常軌を逸した発想だという感想をもつのが通常である。だが、「書くこと」に執念を燃やす者にとっては、「なめらかな時間」こそがすべてとなる。自らの能力もなにもお構いなしに、「要求」の拒否が作品成就の条件となる。生活の管理との闘いのなかで、作家は「エゴイズム」による解決をはかるしかないとバルトはいっていた。そう考えると、この「講義」の厳かなまでに激越な逸脱は、バルトの当時の心のうちを説明するものなのかもしれない。いや、これは確信をもっていえることである。バルトが「小説」を書こうとしていたことは間違いないからだ。問題は、この「小説」がどのような形態であるのか、通常の意味での小説本であるのか、それともそうではないのか。

それはそうとして、ここでの問題はこの「拒否」による方法を、「不動」による方法と対立させて、後者のモデルとしてフローベールを例にしているのであって、バルト自身の考えは別にある、または両者の間にあるのかもしれないことである。フローベールについていうと、「規則的に日に八時間から十時間は書いていますけれども、ひとに邪魔されるとまるで病気になってしまいます」という引用もされている。

「拒否」の方法は、「すみません、書かねばならない小説がありますので」という文句に要約される。この「拒否」のモデルのひとりはジッドであるが、バルトが問うのは「誰も傷つけずにどうやって答えるか」という点である。いかにも作家風の装いをして、無言のまま作家であることを社会に示すか。「このひとにお願いしては悪い」と信じ込ませるレトリックだ。だが、現在では着物にスティック、ハットでもオリジナル性を保てるのか。ただ変な奴と思われるだけではないか。バルトは問う。それならば、夜と昼を逆転させて、夜の世界に生きるか。プルーストは、アパルトマンの上階の子どもがうるさかったので、スリッパを気狂いのように叩いて、意思を示したではないか。

いずれにしても、周囲が作家を威嚇し続けるのは難しいとバルトは考える。「要求」を退けたところで、でもなぜ「管理」が問題となるのか。「管理」は細切れの反復仕事であり、創造的活動の連続性の「ナップ」（後述）を壊すからとバルトは答えるだろう。

作品は社会的には無償であるし、なんの役にも立たない。だからこそ、とバルトはいう。「管理」がいつでも作品を壊し、活動を混乱させる小悪魔のような内的な不安として作家に現れるのだと。

そこで、奇跡的にプロテクションが保証されるのは「病気」しかない、とまでバルトはいう（これはすでに述べたように、発想そのものがすでに病んでいるようにも思われるだろう）。カフカはハンガリーから戻ると喀血によりベッドにつく。それによって役所、家族、フィアンセなど、あらゆる義務や管理から解放された「幸福な時間」の自由を得たというのがバルトの指摘である。

バルトはここで、声を低くぼそぼそと語り始める。要約すると次のようになるだろう。

わたしは二回結核を経験しました。はじめは高等学校の最後の学年（哲学学級）の五月のことです。わたしは十七歳でした。個人的な話をすると、当時は家族と難しい関係にありました。サナトリウムに入るのは怖いことでもありますが、そこでわたしは自由を得たのです。集団生活には辟易し、七年もの間おそろしいほど退屈でしたが、ピレネーのポーの裏の村で、「青年」の重みから解放されたのです。一九四一年の末、二回目の発作が来ます。ほとんど自殺を感じたものです。しかしこのときも、グルノーブル近くで幸福な時間、かなり幸福な時間をもちました。古典をたくさん読むことができたのです。ノートも書きためました。

簡単な精神分析を試みながら、「わたしは自分の身を守るために病気になった」とさえ考えたものです。一回目のサナトリウムでは家族との状況があり、二回目のサナトリウム生活では戦争下の国の状況が苦痛でした。退院後メモをもとに書き始めて、最初のものは一九四六年頃に出版されました〔療養中の活動を除く〕。

カフカの場合も、わたしの場合も、結核というと「死にゆくもの」と考えられていた時代でした。社会からも、行政上も、タブーとして排除されるだけではなくて、ええ……。わたしの場合は治る――といっても、結核は安定化するだけで治らないわけですけれども――と図書館員として働くことができました。それでも医者の発行した証明書を何年ももち続けて、社会にゆっくり、かなりゆっくりと、とけ込んでいったのです。

プルーストの病気も、このようなプロテクションの要素があったと考えられます。病気は書くのを妨げるものであると同時に、書くのを許すものでもあるのです。プルーストは作品を書き終えたら自分は死ぬものだと思っていました。作家にとって入院は毎夏のヴァカンスではなくて、「ヴァカンス」そのもの、夢想された「ヴァカンス」なのです。

城から修道院、家へ

作品創造のための「新生」というアイディアは、きっと宗教的なものとも関連するものです。作家は作品を神聖化します。これに仕えるようになり、そうこう改宗しながら、作家は生活ジャンルのかなり壮観な断絶的移行を働かせたいと思います。たとえばそれはあたかも、ひとりのキリスト教徒が神の呼び声に導かれて修道院に入るかのようです。主体は社交界と俗界に別れを告げて、世間で非常に軽蔑されている態度を受け入れて、肯定するのです。それは放棄という態度、主体は放棄することを受け入れます。いつでも世間からとても悪く見られていることをするのです。[…]

作品を書くとは、その作品がどれほどアンガジェしているものだとしても、所詮欲望の力の前に降伏するような外観をもってしまいます。まっすぐ自然で健全な力の囲いである世間に対する罪悪感をもつはめになってしまうのです。罪悪感といったのは、ひとつの道徳的審級を別の道徳的審級の方が正しいからとそれに替えるという意味、ようするに改心の意味ではありません。作品を書くために閉じこもることの罪悪感は神秘神学の運動との親和性をもっています。神秘主義者とは、脱価値（la dé-valeur）を選択する者のことです。この脱価値は、通常「闇」と呼ばれます。闇、この執念、この絶対はどこに由来するのでしょうか。[*2]

エクリチュールと神秘主義者の実践、城と修道院、バルトは新生のイメージを節制された「生の組織」のなかで考える。

生の組織とは、たとえばバルトが区別するところでは四つのカテゴリーからなる。

（1）食事

（2）睡眠

（3）装い

（4）居住

なかでももっとも重要なのが（4）の居住であるとされる。

いまから「家」のテーマについて語りたいと思います。「家」、つまり「居住」の問題ですが、これは「新生」にとって枢要なテーマです。もしわたし自身のことをいうなら、それは「新生」のシナリオの中心線となるでしょう。「居住」とは、書くためにどこかに出発して腰を落ち着けることです。書くために出発する。新生のファンタスムがファンタスムである由縁は、この居住の準備へとそれが開けているからです。どこの場に決めようか、もっていくものはどれにしようかなど、まるで昔の船の長旅のようにロマネスクなファンタスムでしょう。宿船、宿船……、船は大切ですね、テマティックにいえば船は完璧な家です。［…］

新たな生のための居住というテーマで、文学での模範例はやっぱり『ブヴァールとペキュシェ』ですね、わたしにとってはこれ以上のものはありません。新居での準備の場面は、コミカルでたわいないにもかかわらず、読み返すたびに冷静な羨望がわいてきます。主人公ふたりは居住のために買った家で落ち合うのですが、まさに「新生」を始めます。夜に到着して、そこからあらゆる整理が叙述されます。このパッセージはとても気に入っているのですが、居住の場のもうひとつのファンタスム的な特徴は、自給自足なのです。わたしも住むなら、すべてできるだけ自給自足でやらなければならないでしょう。街よりも田舎の家の方がそれには向いていますね。

田舎の家で庭があり、蔵があり、ちょっとした農具があって、これが自給自足なのです。自給自足でやるには、外出しない日をあらかじめ決めなければならず、安定したミクロシステムのようなものをつくらなければならない。ほら、これこそ船なのです。それに物質的な自給自足はエピキュリアンのスタイルの道徳的価値にも役立つんですよ。節度、慎ましさ、質素な生活のことです。物質的に自己自身で充足することは、換喩的に道徳・精神の上でもすこしのもので満足するという意味に横滑りするわけです。

このパースペクティヴで見ると、新生とは一種のまるい生活、それだけで、同じ要素で、ころころと転がってゆくようなまるい生活だといえます。物質的には自活しながら作品をなすための自由なエネルギーを残してくれるような生活です。［…］田舎の家の自給自足は、よく知られたものかそうでないのかわかりませんが、わたしの個人的な人生のなかではとても有名なあるソネのなかで完全に描かれています。そのソネは「プランタンのソネ」と呼ばれるものです。［…］とても好きなソネなのですが、いまから読んでみましょう。「この世の幸福」と名づけられています。では読みます。

快適で清楚、きれいな家
かぐわしい果樹で一面の庭をもち、
果物、名酒をたっぷり、喧嘩と子どもは少な目に。

負債、愛、諍いも癇癪ももたない。
親類と分かつものもなく、
わずかに満足し、なにも大きなことは望まない、
すべての行いは正しいモデルにそって計画する。

野心はもたず誠実に生きる。
ためらいなく信仰に身を捧げ、
情熱を抑えて飼い慣らす。

自由な精神とたしかな判断を保ち、
木々を育てながらロザリオの祈りを唱えること。
すべては家で、ゆっくりと死を待つことだ。

さて、わたしがこのソネを好むのは（小さい頃からいつも魅惑してきました）、十七世紀のタイポグラフィで印刷されたものが、額にはめられて、バイヨンヌの祖父の家の食堂の壁にかけられていて、いつでもそれを見てきたからです。わたしは少年時代、いつも通り過ぎにこのソネを読んでいたのです。残念ながらそのものはいまでは失くなってしまい、さあどこにいったのですかね、よく壁掛け用のこうした類のものを売っているショップでは見かけますが、あの印刷機で刷られたそのものは見つけるのが難しいですね。◇4［…］

快適できれいな家、果物、樹木、すべてが羨ましく思われます。そして最後の句はいつも憧憬を呼び起こします。さてこのソネは、ある裸の空間上の貧困のなかへの退却のヴィジョンを提出してはいないでしょうか。それでありながら快楽を排除しないようなエピキュリアンのヴィジョンです。プランタンの家でめざされているのは、一種の不動の時間なのです。もはや冒険を呼び起こさないような不動の時間です。この新しい生活のジャンルは、すっかり内面化されていて、新しさの力が作品に投じられるかのようではないでしょうか。［…］

生産と創造の新生のテーマは「家」に結ばれています。この「家」は「閉じられて寂しい、奥まったアパルトマン」と呼びたいところです。そんなアパルトマンをひとつ知っていることを白状しましょうか。それはわたしのものではありません。静かな地区の、中庭の奥にあり、中庭に続いて庭もあります。裏側には非常に大きな部屋がひとつあり、まさに貴族的な隠遁といった感じがします。〔…〕

　わたしは、この家への趣味がなにに由来するものか、そして知的な仕事を家ですることの趣味がどこから由来するのかと考えてしまいます。生涯を通じて、たとえば図書館のようなところで仕事をするのが、不可能だし、非効率でもありました。わたしはけっして図書館で仕事はしません。「内在」にひかれるのです。構造的な内奥で仕事をするのです。プレイアード叢書があれば、家で仕事ができます。わたしはまた、研究室で仕事をすることができないんです。コレージュにも研究室があります。権利だからひとつ要求してみただけです。コレージュの教授たちには研究室で仕事をするひともいますけれども、わたしには不可能ですね。子どもの頃、わたしは病気に憧れました、家に居続けることにです。高校生にとって家に居続けるとは、家の時間を発見することにほかなりません。食事、休日、朝以外の家の時間を発見することです。

　家よりも近接的《プロクセミック》な場所は部屋《シャンブル》でしょうね。新生の部屋。退行はちょっとしたペシミズムをとらえます。プルーストの部屋というものがあります。『失われた時を求めて』は、彼がさまざまな場所で生きた部屋の回想の物語です。仕事部屋。フローベールも病気をもちましたけれども、二十四歳のときに「わたしは実践的生活に取り戻しようのないアデュをいった」と書いています。ここにも新生のテーマが見られます。「これからは自分の部屋の五、六時間の静けさしか要求しません」と彼は書いています。

作家は仕事机に執着し、これを断固守ります。テーブルは、ひとつの構造であり、その近接性は歓喜を呼ぶほどです。サナトリウムのときのようにベッドで読むことは、読まずにベッドにいるよりもずっと快適でした。

城から家へ、家から部屋へ、机へと新生の時間はあたかも空間を消去してゆくかのようにミニマルなものとなってゆく。バルトは、「新生」とはひとつの「模型《マケット》」だといっていたが、このままシナリオが進みながら模型が最小化され、見えなくなったときに真の「新生」が始まる。空間を失った生からは書物という新しい場が開ける。書物こそ「新生」の場といえるのではないだろうか。

胎内という無時間のときへの回帰は、書物という新しい場での誕生と連続するものではないだろうか。幼少期への遡行、まさに「退行」がそこにはある。けれどもこの「退行」は、失われた胎内での静寂の九カ月間に戻るという不可能なことを要求しているわけではなくて、回想の果てには「共通の母胎」という未知なる場があるのではないだろうか。それは死の先にもあり、誕生の前にもあるような場である。

そのような神秘的な話をするよりも、バルトはエクリチュールの実践の舞台としての《家》を語る方を好むだろう。それは魂の拠りどころでもある。モンテーニュは邪悪な魂であっても、外的刺激によってたまたま善いことをするように、有徳の魂もときには悪いことをしてしまうと語る。「だからそれを判断するには、その魂が落ち着いているとき（もしも、そういうことがあるなら）、魂が、自分の家にいるときでなければならない」と書いている（『エセー』（五）四六頁）。

モンテーニュの試みが「わたし自身」を作品にするものであるならば、ニーチェは自分の作品のなかでは「私は私、私の著書は著書」ときっぱり述べている。

ニーチェはトリノの「秋の七十日間の軽快」のなかで、『このひとを見よ』を書き上げる。同書のなかで「わたしは来たるべき数千年に対する一つの責任感を抱いて成し遂げた」と誇っている（川原栄峰訳）。

ニーチェにとっては、ジルスがエクリチュールの場であるなら、八八年春に発見するトリノはファンタスムの家、ファンタスムの城、〈故郷〉である。「ジェノーヴァでは、僕は影法師のように思い出に耽りながらぐるぐると歩き廻っていた」と、四月のトリノでペーター・ガストに書いている。ジェノヴァもやはり「隠遁の地《エレミタージュ》」であることにかわりない。だが、「トリーノはいま僕の必要とすることができる都会」であり、「貴族的な平安が確保されている」街、「歩いてみても、眺めてみても、古典的な場所」である。ひと月も経たずに、この街はニーチェの「故郷」となる。「私の心に適った都会」、しかも「ただひとつの都会」となる。ニーチェはとりわけ黄色と赤褐色との色調に魅了される。そして「崇高なほど透明」な乾燥した空気を通して、アルプスの高嶺が見られるのである。「なんと一切がはなればなれに走っていくのでしょう！　なんと生活がひっそりとなっていくのでしょう！」と、非のうちどころないこの街に「隠者の平穏」を見出すのである。

新生が最大の輝きを放つのは、死の直前のことである。超越的な声に命じられて、エクリチュールを使命と考えながら、八八年には五つの作品を完成させたニーチェは、翌年トリノのカルロ・アルベルト広場で昏倒、発狂する。闇は前年八八年からその姿をのぞかせている。八八年七月、ジルス・マリアで書かれた手紙の一通で、ニーチェは「声」が聞こえない闇に絶望している。新生のなかで、超越的な声が他者の声を掻き消してしまったのである。「私は知らずしらず誰に対しても黙りこくってしまっているのです、[…]私の耳にはまだ聞こえてもきそうな言葉をもう十年来も耳にしておりませんが、疑いもなくこのことがこの私の状態における最悪のことです」。

聞くことはたしかに重荷を背負うことである。道徳を守ることで自己を守ろうとする「ろば」たち、生きることを知らないものたちに、ニーチェは「長耳」の比喩を用いている。そしていつも「自分の耳は短い」ことを誇っていた。キリスト教、プラトン哲学、講壇哲学者のモラルを、「生に敵対する退化本能」として批判するのである。

ニーチェは生きることを知っていた。ショーペンハウアーたち「哲学教授連」を、「アカデミックな反芻動物」、「学者というデカダン」と揶揄し、読書は死の知識であるとニーチェは語る。バルトはサナトリウムの体験を幸福な読書のための閑暇とするのだが、一方ニーチェは、病気によって「本の虫」となることと手を切ったと言明する。しかもショーペンハウアーをもじって、自己の思想は「今モ読マレズ、将来モ読マレズ」とまで言い切るのである。

つまりニーチェの生きる空間は自然にある。思想の場とは別にあるのである。

ベンヤミンによると、「どこかに住む」(wohnen)とは、「わたしたちの容れものにかたちを与えることに存する。住むという行為には、日常の狂気のようなアクチュアリティが潜んでいる。

バルトが語る「新生」は、空間的にますます小さく縮小してゆくのであるが、それはついに「夜」

に達することはない。「新生」が生の肯定であるなら、太陽である生の反対側にあるのが夜だからである。もちろん、両者は表裏一体であることを認めなければならないだろうが。バルトは夜の作家として、フローベールのある時期、ランボー、カフカ、そしてもっとも完全なかたちとして昼夜の生活を逆転させたプルーストを挙げている（昼の作家の典型に挙げられるのは、早朝に仕事を開始するヴァレリー）。夜は邪魔が入らないだけではなくて、始源の鼓動が息づくような神秘的なイメージでもある。夜を深く進むとそこには生があると感じられる。

◇註

◇1　原語《les méchants》。安士正夫訳『新エロイーズ』（岩波文庫）、井上幸治訳『社会契約論』（中公文庫）など、日本での訳語は「悪人」が一般的らしい。

◇2　フーリエが理想とした共同生活体。実際に、アメリカ合衆国などの地を舞台にいくつかの試みがあった。

◇3　澤田直は秀逸なサルトル論『〈呼びかけ〉の経験』（人文書院、二〇〇二年）のなかで、死後刊行の「真理と実存」や「道徳論ノート」を読みながら、サルトルの書かれなかった道徳論の名人芸的な再構築を試みている。そこで澤田は、キリスト教的あるいはドイツ近代倫理学的な、神が保証する絶対性や人類に分有される普遍的な「人間性」を最終的な価値とする倫理学の伝統に抗って、サルトルが主体を超越的価値への従属から解き放ち、「人間」それ自体が根拠なき一種の「形式」であることを説明している。サルトルの「自由」とはこの「無根拠性」にこそ可能性を見出すものであり、澤田による表現では「人間とは内包なき外延」である。澤田はサルトルのオリジナルな倫理学が、彼が初期に構築した実存主義的な存在論との整合性をもつことができず、パラドクスの隘路に迷い込み、ついに完成が果たされなかったことを認めながらも、草稿類の検証からサルトルが構想していた道徳論をバタイユからナンシーへとつながる共同体論と並行するものであることを明らかにしながら、そのアクチュアリティを説得的に論じている。バルトの言語活動や記号、そしてエクリチュールに向けるまなざしは、まさしくサルトルの〈価値〉なき〈自由〉の価値と強い親和性をもつものだろう。バルトへのサルトルの影響は、再考すべき事柄の多い点である。（たとえば比較的早い研究として、Geneviève Idt, «Sartre "mythologue"», in, collectif, *Autour de Jean-Paul Sartre*, 1981 がある。サルトルが構造主義の運動を昔の「フォルマリスム」になんら加えるところのないものと否定しながらも、後のフローベール研究でバルトに非常に近い方法を採用していたことが指摘されている。初期バルトがサルトルの「作家のアンガジュマン」に対立するモデルを提出したとしても、サルトルは「紋切り型」や「家の馬鹿息子」でバルト的な「神話」を操作概念としているというのである）。

＊1　サン＝ピエール島もルソーにとってはまた「城」である。この島のビエンヌ湖ほど自分を幸せにしてくれたところはないと綴っている。「ビエーヌ湖の湖畔はジュネーヴ湖にくらべるといっそう野性的でロマンチックである。それは巌や森が水ぎわに迫っているからだ。けれども景色はやはり明るく美しい。［…］モチエを石で追われて、わたしが逃げ込んだのがこの島なのである。わたしにはこの土地がじつにすばらしく思われたし、自分の気質にしっくりした生活を送ることができた［…］。この隠れ家を永久の牢獄として、一生のあいだここに閉じこめておいてもらえたら、そしてそこから脱出する力も希望も奪い去って、対岸との交通いっさい禁止してもらい、世間で起こることはなにも知らず、世間の存在を忘れ、世間からもまたわたしというものの存在を忘れてもらえたら、とどんなに願っていたことだろう。［…］その幸福とはいったいどういうものであったか？またどんなふうにその幸福を楽しんだか？わたしはそこで送った生活を描いてみせるから、現代のすべての人々に、できればそれをわかってもらいたい。尊い『無為』こそ、その快い味わいを思いのままに味わえたらと願った楽しさの第一のもの、主たるものだったが、じっさいのところ、そこに滞在しているあいだにやっていたことは、すべて閑居に身をゆだねた人間に必要な甘美な仕事にほかならなかった」。（今野一雄訳、前掲書）

＊2　バルトは、たとえばこの「絶対」を、マラルメにおけるエクリチュールの問題に寄せて考えている。有名なブリュッセル講演での、書くとはなにごとかをひとは知っているのか、古くて曖昧な、それでいて恋々

たる実践、心の神秘に去来する意味の眠る実践、この塹壕を誰が理解したのか、という内容のマラルメに言及していたように思われる。

◇4

プランタン＝モレトゥスは、十六世紀を代表する印刷業者で、一五四九年にフランスからアントワープに行き、大印刷工房を開業した。筆者もベルギーのリエージュに滞在中、プランタン印刷博物館を訪問したことがある。本書が扱っているバルトの「講義」の資料にはじめて接したのは、一九九三年頃のことであるから、リエージュからガタゴトとローカル線で四時間、アントワープのプランタン印刷博物館に向かったときには、すでに七年以上の時が経っていた。なにも覚えない筆者には当然のことながら、バルトが「プランタンのソネ」について語っていたことはすっかり忘れていた。バルトが見つけられない、と惜しみながら語っていた翌週の講義までに、ある聴講生が博物館で入手したオリジナルをプレゼントするという、「講義」の雰囲気を伝える和やかな逸話も忘却の彼方に消えていた。そうなのだ、講義ではっきりとアントワープのプランタン印刷博物館のことが語られていたのである。

博物館をひととおり見物した後で、当時の活字と上質の紙を使った二色刷りの詩が目を引いた。《LE BONNEUR DE CE MONDE SONNET》とだけ書かれている。一行目を読んで記憶が鮮明に甦った。あの低く、鼻にかかるようなそれでいて明瞭な発音、一語一語ゆっくりと考えながら語るあの甘い声、《Avoir une maison commode, propre et belle》とバルトが読んでいたことをはっきりと思い出したのである。このソネは、プランタンの印刷機と活字で刷られていて、十七世紀のタイポグラフィが使われている（プランタン自身もフランス語表記法の改良を試みた）。

5 方法的生活

「富と暇の活用を怠り、富と暇に最大の価値を与える生活に意を用いなかった点をさらにとがめるべきである」

——ショーペンハウアー

「毎日朝九時半から午後一時まで、エクリチュールの役人のこの規則正しいタイミングは、連続的な興奮を前提とする変わりやすいタイミングよりもわたしにあっている」

——バルト

D'après Patrick Mauriès, «Fragments d'une vie», *Critique*, n°423 /424, 1982.

倦怠

倦怠から書く動機が生まれたり、書くために倦怠が取り巻く有閑の生活を獲得しようとしたり、いずれにせよエクリチュールと倦怠は切り離せないというのがバルトの発想だ。フランスの作家たちの間では、「世紀病」と呼ばれたナポレオンの冒険以降を生きたロマン派作家たちの倦怠があるし、マスメディアが発達して大衆の匿名に呑み込まれそうになりながら生きたいわゆる象徴派の倦怠がある。

バルトは書く者と書くという行為そのものにまつわる一般的な倦怠を相手にして、たしかにエクリチュールは倦怠から活動性に入るきっかけではあるものの、書いているさなかにまた反作用のように倦怠がやってくるという。たとえば、シャトーブリアンやフローベールを例に挙げながら、「作品の意志は、多くの場合倦怠により顔をもたげるようだ」と述べている。

バルトによる「新生」の素描が宗教性を帯びていることはすでに見た。ダンテ、修道生活、プランタンの詩、神秘学の「種子」、ストア派の影、などなど。バルトの宗教観がキリスト教を色濃く映すものとしても、それはプロテスタントやカトリック、正教といった信仰の問題ではなく、より根源的な生の拠りどころをある意味で原始的なキリスト教像に投影しているように思われる。生の拠りどころとは、プランタンが詠ったように平穏な死が待つ場でもあるわけで、セネカが推奨したようなほんとうになすべきこと（たとえば学究）をなすための新生から続くものである。

ここでの「倦怠」（l’ennui）もたんなる怠惰とはわけが違う。「倦怠」は「怠惰」と比較される。七つの罪源と呼ばれる、「高慢」「嫉み」「色欲」「物欲」「貪食」「憤怒」と並ぶ「怠惰」である。この「怠惰」（*pigritia*）をフランス人が《paresse》と翻訳したことは重大な過誤だとバルトは指摘している（厳密にいうと、「ピグリチア」がフランス語に入って「パレス」となるなかで意味の相違が生じたということだ）。これではなぜ「怠惰」が殺人ほどにも重い罪なのか理解できないではないか、というのである。十八世紀の間に、「怠惰」（la paresse）は「無為」（l’oisiveté）と同一視されるようになる。「無為」は、これまで「暇」「閑暇」「有閑」などと表してきたものと同一の語である。近代化が本格的になるなかで、これが「労働の義務」に対置するものと混同されるようになる。勤労は美徳で自然なもの、怠けは罪、無為はつねに罪の意識をともなわねばならないようになる。もとのラテン語の「ピグリチア」は、非活動的なもの、鈍いものなどを意味し、そこから不精者の意味が出てきたらしい。そして「あらゆる悪徳の母」となるのである。◇1

しかしながら最近では、「ピグリチア」の訳語となったフランス語の「パレス」は、もともと「アケディア」《acedia》という語の翻訳だったといわれている。バルトは、「怠惰《パレス》はむしろ《アセディア》の意味です」と、この訳語の問題を指摘している。「無為」ないし「閑暇」、また「倦怠」は、「怠惰」とは異なるという意味である。「アケディア」は精神の無気力状態を意味し、祈りを怠る不熱心な信者というキリスト教的観念に一直線に結びつく。ついでにいうと、この翻訳の問題を明確に指摘したのは、EHESSでもコレージュ・ド・フランスでもバルトの同僚であったジャン・ドゥリュモーである。*1

「倦怠」は精神の非活性状態を表す。これが執筆生活、執筆行為へのバルトの関心を経ると、エクリチュールと切り離せない問題となる。暇がなければ、考える時間も書く時間もない、けれども暇のなかからほんとうの非活性状態、考えも書きもしない「倦怠」が顔をのぞかせるのである。作品の執筆など、ものを書くことは労働とは呼びがたい活動である。それは一日中椅子に腰掛けているからという理由だけによるのではないし、作品は多かれ少なかれ無償のものであるのだから商品の生産に注がれたエネルギーに見合った金銭を受け取るわけではないというだけのことでもない。生から隔離された無時間のときを書きながら漂うというだけでは足りないし、分業が成り立たないからなどというでたらめをいうわけにもいかない。書くことのなかにしか答えがないような経験、しかも答えが出ないままに経験的存在が滅び、そのあとの残余だけが残されるような営みだから労働とは結びつきがたい、というのもひとつの答えなのかもしれない。ともあれ、エクリチュールと閑暇の間には、単に神秘的であるだけではなくて、まこと近代社会のシステムに関わるような実際上の問題がある。フーリエに影響を受けた十九世紀の経営者が、五月の第一日曜日を労働者の「閑暇」とすることを定めたというが、バルトの夢見るユートピア的な閑暇は、およそそこからは遠く離れたエゴイズムに近いものだろう。

倦怠と創作の関係は、バルトによって次のように定式化される。「芸術は反=倦怠の境位であり、芸術は脱=倦怠の境位である」。ロマン主義作家は、「倦怠にもあきあきした、それなら倦怠についてひとつ書いてみてやろう」というかもしれない。倦怠を意図化するのも作品へのひとつの入口だというのである。フローベールは若くして、「わたしは退屈しながら生まれた、倦怠に蝕まれ、人生に飽き、自分に飽き、他人に飽き、すべてに飽きている」といった。バルトは、こうした意見を世間はペシミズムだと非難して、ボーイスカウト主義のエネルギーを与える活発な運動を推奨する、と注釈を加えている。件のフローベールは、仕事の気力を取り戻したといいながら、だがすこしでも邪魔が入るとすべてダメになるといっている。《アケディア》は精神の弛緩のことであり、バルトが第二の倦怠と呼ぶエクリチュールのさなかに生じる無気力状態に関係する。

《ピグリチア》には、辞書では《sloth》という「スロー」（slow）の古英語の形態が与えられている。フランス語への翻訳の際の混乱と関連があるのかどうかさだかではないが、英語で「スロウス」（sloth）は《アケディア》の訳語とされている。バルトの展開に都合よく、「スロウス」には（2）「ゆっくりなもの」の意味のほかに、（1）「働いたり動くことの嫌気」と（3）「怠惰」の意味がある。（3）は「アケディア」に由来する意味で徳の実践における麻痺状態のことである。バルトが「倦怠」ということで問題にしているのは、まさしく「倦怠」は（1）の意味の「嫌気」と（3）の意味の「怠惰」の間で揺れ動いていることである。またこれも、英語の説明があまりにもよくできている気がしないでもないが、バルトはそこに第三項の「ゆっくりなもの」を入れることになるだろう。このゆっくりなものは、「マン・ラント」、英語なら「スロー・ハンド」、つまりエクリチュールのことである。

スコラ学にとっては、「アケディア」は、意志の断裂であり、気散じ、魂の乾いた状態のことであった。だがそれだけではなく、いいしれぬ郷愁《ノスタルジー》と理由のない悲嘆からなるメランコリーをともなうものであった。精神生活における無気力の状態はそこに由来するものである。

ゾンバルトは『ブルジョワ』のなかで、トマス・アクィナスの知性的徳が含む二次的な徳（記憶、理性、創案、反省など）と、悪徳に数えられる不用心や無思慮を挙げた上で、これをフィレンツェの聖アントニヌスの「精神の弛緩」(*acidia*)と比較している。そして、「無精」「怠慢」「無気力」などと並べられて、この下にこそ「ピグリチア」（怠惰）が数えられているのである。「ビグリチア」は「アケディア」から生じるものだというわけである。また「ビグリチア」と並んで「無為＝閑暇」(*otiositas*)も悪徳のひとつとされている。

ゾンバルトの解説によると、これらの悪徳は共通の源泉をもっていて、「享楽の渇望」(*luxuria*)、とりわけ性的欲望の追求から上のような状態が生じる、とアントニヌスはしている（フロイトが、メランコリーを心的な性的緊張の高まりとしたことを思い起こさせる）。感覚は、知性的徳にいたる道の障害なのである。アントニヌスに特徴的なのは、セネカにも似た時間の価値観である。アントニヌスは、時間とはもっとも貴重なものであり、取り返しのつかないものであるといっている。

ロマン主義的な「倦怠」は、波風ない日常の幸せな生活に飽きたらず、どこかここではない場所、現在ではない時間に絶対的な「幸福」を求める運動と、そこに由来する「絶望」の運動であった。「アケディア」は、かつて理性的種子、一者、光、または闇とも呼ばれたやはり絶対的な対象〔神〕との合一を求める中世修道院の生活にとっての障碍であった。

バルトはこのような絶対的対象に到達するための方法的生活を羨望する。その対象とは「作品」であるが、バルトが憧憬を馳せるのは作品執筆と一体となった静謐の生活である。だが、バルトはロマン主義的な「倦怠」も修道院の信仰生活も選択しない。彼は、世俗化された祈祷のようなエクリチュールのための方法的生活を選択するのである。エクリチュールは徳でもなければ悪徳でもない「中間物《メサ》」である。これが積極的な意味をもつのは、生活の実践と結びつくときである。精神の平安のための徳、エクリチュールのための平穏、これはかたちの上では同じ方向性をもつ。

「アケディア」のような精神の弛緩、麻痺の障碍は、そもそもヨーロッパがキリスト教の時代となる以前の実践倫理、「徳」の追究の生活にも見られる。たとえばマルクス＝アウレリウスの「不動心《アタラクシア》」は主観を御す働きを怠らないなかから達せられる。バルトは、「塊の哲学」や「不動性」などをエクリチュールの生活における必要条件として語っていたが、このように生活の実践のなかから「作品」が生まれる、晩年のバルトはそんな強迫観念にも似た考えを抱き続けていた。

生活を組織する作家

作家に必要な物質的生活の組織化について話しましょう。ここでは作家というのは書きたいと望んでいる者のことですけれども、彼は方法的生活を求めるようになります。さまざまな要求、襲撃、簡単にいえば世間の欲望に抵抗して、なすべき作品を守る勇気をもつために、作家はちょっとしたトリックを使わなければなりません。自分自身を神聖なる者として、自分の役割を聖なる役割とするのです。作品をなすことは神聖な任務であるとの感情によって身を守るのです。もちろんこれはまったくの想像的なものなのですが。

さて、なぜ神聖化しなければならないのか。そこにはエゴイズムの決疑論と呼ぶべきものがあります。神聖化するのは、それがいくらかのエゴイズムの力を与えてくれるからなのです。エゴイズム抜きでは、作品は果たされません。神聖化とは一種の自己操作です。愛徳〔慈善〕に別のひとつの審級を置き換えるのです。愛徳の語が気づまりなようでしたら、寛大といってもいいし、まだかた苦しいなら気のよさといってもいいでしょう。さてこのもうひとつの審級もまた宗教的なものに端を発していて、つまり語源的な意味で自然への根源的連関に由来するものなのですが、この連関とはエクリチュールのことです。〔…〕

書きたい者は、実際に作家のエゴを組織しなければならないのであって、書きたい者のエゴを組織しなければならない。ラテン語を使えば作家と書きたい者の区別がはっきりするでしょう。現実にエクリチュールの実践に耽る主体を「スクリーベンス」と呼ぶことにしましょう。「ス

「クリーベンス」はいま書いている者のことです。他方の書いたという社会的職能をもつ者は「スクリプトール」ということになるでしょう。*2
システマティックな計算に基づいて、わたしの作家・エゴを組織しなければならない。生活の力線を描かなければならないのです。これがニーチェのいうエゴイズムの決疑論です。『このひとを見よ』のなかに――これは一八八九年一月の朝に決定的に狂気に沈む前の最後の本で、錯乱の跡も見られますし、パラノイア的な攻撃性もありますが、これがまたこの上なく美しい錯乱なのです――とても謙虚に「なぜわたしはかくも利口なのか」と題された章がありますが、そこでニーチェは忍耐強く誇張をまじえて自分の趣味や生活習慣、食事について詳細に開陳しています。なぜたわいもないことに長々と弁をふるうのかという問いに返して、食事や土地や風土などこれら些細なこと、これらすべてのエゴイズムの決疑論は、現在まで人間が重要とみなしていたあらゆることよりもはるかに重要なのであると述べています。人類の歴史を教育しなおさなければならないと。

　そういう意味で、わたしは生活の一覧メニューを開始し、また正当化する練り上げの作業を決疑論と呼んでいるわけです。[…]新生とは、作品の制作の入口であるわけですが、それは教育、自己−教育、したがって再教育を含意するのです。なぜならひとつの生活ジャンルから別のジャンルへと移行することが新生だからです。それはまた細やかに自分の生活のジャンルを構想する時間でもあるのです。*3

　ある瞬間、友人に絵はがきを書くのさえ耐えられない義務のように感じるときがあります。

ましてや、一日中手紙のやりとりに追われるなんてわたしには耐えられません。そこで「管理」とはなにかを理解するには、管理を帳簿につけてみるだけで十分です。もちろんそんなことは強迫観念的なふるまいの特徴でしょう、わたしも分かっています。

作家の一日は、理想の状態において、理想というのはほかに職業をもたないときのことですが、作家でしかないような状態では、四つの部門から成り立っています。まずは必需の部門があります。食べたり、寝たり。第二の部門は創造作業の部門です。本、作品、記事、わたしの場合講義もここに入ります。第三の部門が管理の部門。通信文、草稿、避けられないライティングやインタビュー、買いもの（仕事に必要なものを買う）、校正、友人の試写会、翻訳、これらが管理です。第四に社交の部門があります。夕方からカフェに行ったり、夜に友人と食事をしたりすることです。

苦行者のマネでもしないかぎり、少なくとも十時間は必需の部門にあてられます。洗面、睡眠、食事など。気狂いのような生活ではなくて、均衡のとれた生活をするためには交際に三、四時間は割かなければなりません。これはたとえば夕方ですね。

十足す四は十四。したがって、創造の視点からは貴重なときがもう五時間しか残されていないのです〔管理に五時間ということ〕。ところでわたしの体験を話すと、最良の場合でも四時間か五時間しか創造的な仕事には使えません。わたしの場合、それは午前中です。どんなに努力をしても、四、五時間は管理の仕事に割りあてなければなりません。このように管理は途方もないものです。管理は真に創造のライバルとなります。しかも純然たる生の維持には、新しいことの創造と同じだけの時間がかかるのです！

作家は、著述の準備について沈黙します。わたしのせまい経験からいうと、友人たちに作品の企図を語ることはできます。もしも、この企図がかたちを整えていなくて、ファンタスムのままである場合は、話せます。けれども、計画が軌道にのり、それが重要なものとなったときには、そこで自動的に作家は秘密を守るようになり、嫉妬ぶかくなります。「あなたはいまなにを書いているんですか？」と尋ねられれば、なんとも幸運なことにいまはなにも書いていないんですよ、と答えるでしょう。でも答えることはすでにそれほど秘密を守っていないわけですね。

みなさんは、わたしの答え方で判断することができますよ。もしわたしが「ノン」と答えれば、わたしはそれほどまじめに取り組んでいるわけではありません。作業が始まって、この仕事に全身全霊をうちこんでいるときには、たぶんわたしの答えはいいのがれのためのものでしょう。「ちょっとしたことを書いていますよ」と答えたならば、そのときわたしは実際にとても大切な作品を書いているわけです。

この異常なほど几帳面な時間の計算は、読者を驚かせるに違いない。バルトは続いて、さまざまな作家たちの仕事時間を例に挙げている。並べてみるとそれはそれでおもしろいので記載しておく。昼夜を転倒させたプルースト。バルザック、夕方六時か七時に寝て、深夜一時に起きる。朝八時半まで書いて、軽いものをお腹に入れてカフェを飲んでは、夕方四時まで書いて入浴、その繰り返し。三十七歳のフローベールは、朝三時、四時から五時間ほど睡眠。この生活は「完全な客観的虚無でありなにも出来事がない」ので気に入っていると書いている。カフカの生産的時期、プラハの事務所で八時から十四時まで働き、十四時から十九時までシエスタ、一時間散歩、家族と食事、深夜十一時から三時過ぎまでが書く時間。晩年のフランクフルトでのショーペンハウアーは、夏も昼も六時に起床、すぐに水で洗面、とくに眼をよく洗う。食事をたっぷり、続いて十一時まで仕事。十一時から近所の友人を集めて自己の哲学の講義、昼食前に十五分だけロッシーニやモーツァルトのフルート演奏。ひげそりは正午ちょうどに、そして昼食。たばこを吸いながら、白ネクタイ姿でちょっと散歩。ちょっとシエスタ。そしてカフェ。午後にはフランクフルトの周辺で長い散歩をし、葉巻を吸う。その後はカジノにゆき新聞を読んで、イギリスのホテルで冷肉と赤ワイン。コレラが怖いのでビールは飲まない。夜劇場へ。

話を章のはじめの「倦怠」と「閑暇」に戻すと、マルクス＝アウレリウスは『自省録』のはじめ（一六）、義父アントニヌス・ピウスを語るくだりで、「粗放乱暴に走らず［…］それぞれを個別に考慮する態度」を、「それはまさに、閑暇のうちに、心乱されず平静に、秩序を立て、雄々しく首尾一貫した態度をもってする者の、なすところ」（鈴木輝雄訳）と語っている。そこでバルトが強調するのは、リズムの重要性、生活にリズムをつけることである。

◇註

*1 Thierry Paquot, «Le devoir de paresse», *Le Monde Diplomatique*, avril, 1999.

*1 ジャン・ドゥリュモーは、中世からルネッサンスにかけて、キリスト教が死に至る罪としての「怠惰」paresse を発見したのは、商業の場であったという。怠惰が罪悪感として制度化されるのは「労働」(勤勉)の概念の形成と同時のことであり、ドゥリュモーは宗教改革の原理をその決定的な要因と考える。だがここでは、「閑暇」oisiveté と「怠惰」の意味範囲の変転と、それにともなう生活規範の変化に焦点を絞って彼の論証を追うことにしたい。リトレ辞典などの説明によると、《paresse》はラテン語の《*pigritia*》に語源をもつ。中世ではこの系統の語は稀に挿話的に使用されるだけであり、けっして主題化されなかった。ドゥリュモーが主張するのは、「怠惰」は十四世紀では支配的な関心事ではなく(中世史家ジャック・ル・ゴッフの統計によると、全例文七十七のうち《*pigritia*》は三、対の《*labor*》が六、そして《*accidia*》が五)、「中世文化は生産の強迫観念を知らなかった」という点である。彼が暗に意味しているのは、「労働」という近代的概念の形成と軛を一に「怠惰」の重大さが影のように差すという点であろう。十六世紀のユマニストは、まだ《*otium*》(「世界の喧騒を離れた瞑想」、内在)と《*negotium*》(消耗的で不毛な関心事のなかでうごめくこと)を対立させる文脈のなかに生きていた。バルトが「閑暇」という他なる生産性を繰り返し経済に対置させるとき、バルトはこの文脈の延長線上にいるだろう。

中世では、「怠惰」の代わりに「閑暇」と関連をもつ語が盛んに使用されたが、この語は悪い意味だけをもつのではなかった。中世初期から教会は「アケディア」(精神の麻痺、宗教的実践の無関心)を罪とみなしていた。中世には同じ状態が《*tristitia*》と呼ばれ「魂の空虚」と定義された。つまり「倦怠」のことである。またユダヤ教の伝統からすでに、意志の持続を欠いて旅の列から遅れる者の「絶望」は罪とみなされた。だから中世でも「絶望」は「アケディア」の最終的なかたちとみなされたのである。そしてやがて近代に向かうなかで、「倦怠」の宗教的意味が脱落し、「怠惰」がとって代わることになる。十五世紀、カトリック改革のジェルソン(Jean de Gerson)が「怠惰」paresse と翻訳したのは「アケディア」だったこと、これがドゥリュモーの説のひとつのポイントであり、バルトが強調する点である。この翻訳でそもそも意図されたのは、「怠惰」が（それ自体としての罪による死を意味するのではなくて）、宗教的実践の欠如からくる結果としての死を説明することであった。当初《paresse》の語の定義は曖昧で、ドゥリュモーが「アケディアに関連するものをなんでもつめた罪のずた袋」というように、宗教的無関心、怠け、無知、勇気の欠如、悪意、不実などなどを指示し、「閑暇」はそのなかのひとつにすぎなかった。*cf.* Jean Delumeau, *Le péché et la peur. La culpabilisation en Occident XIIIe - XVIIIe siècles*, Fayard, 1983, pp.255-257.

＊2 「スクリーベンス」は進行中の状態を表す英語の《writing》に相当する語で、比較の意味合いが異なるが、「作家と著述家」などでのバルトの用語では《écrivant》に対応する。「スクリプトール」の方は作家・書記などものを書くことを職業とする《writer》／《écrivain》に対応する。バルトは、「書こうと望む者」を主語に語っているのであるが、ときおり主語を「わたし」にして続ける場合がある。この場合の「わたし」は、バルトがロールプレイングをしている「書きたい者」の擬声というわけでもなくて、話は逸脱しながら、声の主が突然私的な経験を語り出すときの声である。

＊3 バルトは、晩年も煩瑣な雑務に追われていて、そこから逃げたがっていた。ソレルスなど、彼に近かった者たちは、バルトの断れない性格が生活をより忙しくしていたと語っている。電話が来ると依頼に「ノン」といえない。電話線を切るわけにもいかないし、留守番電話サービスにも加入していなかったという。

　そんなバルトが、「拒否すること」を語り、「邪魔をやっかいばらい」する方法を論じて、「生活の管理」を嘲罵しながら超人のように高笑いする。新生の構想をつぶさに練ってゆく姿、そして挿入的な話に一段高くなる声、こうしたことはコレージュ・ド・フランスの「講義」こそが、バルトにとっての「新生」の舞台だったのではないかと思わせる。

6　白い紙の上に手の働き

「われわれの救いは死である、だが〈この〉死ではない」

――カフカ

書く、動く、動かない

ロラン・バルトの「作品」、つまり生涯の仕事の中心に「エクリチュール」の主題があったことは、誰の目にも明らかなことである。初期の『ゼロ度のエクリチュール』（一九五三年）での定義によると、エクリチュールとは、文体と言語（ラング）の間に位置し、歴史的・階級的な力によって形成されながら、やがてそれ自体が社会的立場やジャンルを指し示すものとして凝固したもの、となる。やがて、構造言語学からヤコブソンやバンヴェニストの言語学に接近する過程で、「イディオレクト」（個人方言）の語が用いられるようになっても、「イディオレクトは、他の場でエクリチュールという名によって表現しようとしたものにほぼ一致する」と最初の定義を確認している。『記号学の原理』（一九六四年）

では、エクリチュールはイディオレクトに準ずるものとされるのである。

バルトのエクリチュール観の最初の転回は、おそらくバンヴェニストの「ディスクール」の概念との集中的な接触のなかで生じる。六六年のジョンズ・ホプキンス大学の有名なシンポジウム「批評言語と人間科学」で、バルトはディスクールの概念が今後の研究の中心となることを明確に語っている。文学の問題を「書く」視点から見るならば、言語が関わる対象を、「現実」というアリバイの審級から、「ディスクール」の審級に移さなければならない。

作家の場はエクリチュールそれ自体でしかない。ただしそれは芸術のための芸術の美学が考えそうな純粋な「形式」としてのエクリチュールではなくて、よりラジカルなやり方で書く者の唯一可能な空間としてのエクリチュールのことである。(「書くは自動詞か?」)

六六年はフランソワ・ドスの表現を借りれば「構造主義のベル・エポック」の中心となる年で、いままさにアメリカ合衆国の批評理論に構造主義やデコンストラクションが襲いかかろうとしているときだった。先のシンポジウムの参加者にはバルトのほかに、トドロフ、ラカン、デリダなど、そしてゴルドマン、ヴェルナンらがいた。

バルトは記号学者の資格で招待されたものの、すでにそのとき「記号からディスクールへ」の移行を意識していたのである。ソシュールが提起した記号を導く「ラング」という構造ではなくて、人間が話を交換しながら主体として確立される象徴の構造に関心を寄せ始めている。◇1

バルトの著述のなかで最初にディスクールが重要性をもつのは、前年六五年、シャトーブリアンの晩年の著作『ランセの生涯』のポケット版のために書かれた序文のなかである（「新生」のメロディにより添って響く重低音が、その序文で分析される「断絶」であり、本書を貫く声であることもついでにつけ加えておこう）。バルトはこの序文で、ディスクールを「不可思議な単位」と呼んでいる。『ランセの生涯』のなかで、シャトーブリアンは悲劇的出来事によってトラピスト会修道院に入ったランセを記述しようとする。だがそこに奇妙なシャトーブリアン自身の回想が重ね合わせられて、時系列が脱臼し、歴史記述と独白の織りまぜられた奇態のエクリチュールが生まれる。このエクリチュールについて、バルトは、「文体論がまだ十分に定義できないでいる不可思議な単位、語と章の間に位置するディスクールのレベルに下ってゆくと、意味の裂け目が絶え間なく現れる」と語っている。

ここでエクリチュールは実存の重みを帯びることになる。それは自動詞としてのエクリチュールが、書きものを意味するエクリヴァンスに対立させられるからというだけではない（ただし、これは作品とライティングなど、「講義」でも続けられる対比である）。そうではなくて、書くことそのものがひとつの完結した場となるなかで、書く主体の実存的空間がときにさらわれ、ますます閉じてゆく一方で、自己目的化したエクリチュールだけが場を残し続けるからである。これがバルトの「新生」の裏側にある「老い」の生活である。「思い出はエクリチュールの端緒であり、エクリチュールは死のはじまりなのである」とバルトはいっている。

いままでと同じように生き続けることと、新しく生まれ変わり、別の者、別の〈わたし〉になることとの対立にすこし立ち戻ってみたいと思います。
不滅のファンタスムにはふたつのタイプがあります。不死の願いはわたしたち誰にもありますけれども、ふたつの対立するかたちをとって現れることがあります。ひとつめの場合、不死であること、または不死と考えることは、動かないこと、動かずに続けることだと信じられています。これを塊の哲学と呼ぶことにしましょう。そこでわたしは塊の哲学を絶対的閑暇との関係におきます。絶対的閑暇とはなにもしないことです。覚えていますか。[…]
したがってそのタイプは、敬虔な心もちで新たな作品に焦点が合わされた不死とは異なるわけです。こちらの不死は、力であり、仕事であり、闘いなのです。
さて第二のタイプの場合は、際限なく続けるのではなくて、まったく新しく生まれることにほかならない不死の願いなのです。なすべき作品はこの不死の媒体のようなものです。続いて次のような不思議な感情が起こります。すくなくともわたしには生じるのです。第一のタイプの不死にひとが閉じこもることに、我慢ならないという状態です。

手と頭の想像的関係

七三年に書かれた「エクリチュールを主題とする変奏」というテクストがある。ローマで発行される「コミュニケーション」についての編著のための原稿だったということだが、結局公開されなかった。七三年といえば『テクストの快楽』が刊行された年である。『テクストの快楽』では、テクストの作用をどのように読むかという問題が扱われていた。そして、この書はその後のバルトの姿「テクスト主義」というながらく染みついた誤解のもととなるものであった。しかし、「エクリチュールを主題とする変奏」は、エクリチュールにさまざまな角度から照明をあてながら、書くとはなにかという問いを提起するものである。

冒頭の宣言から「テクスト主義」のバルト像を転覆させるような幻惑がある。

> これまでの仕事のなかではじめに出会った対象はエクリチュールだった。だがその頃わたしはこの語を隠喩的な意味で使用していた。わたしにとってのエクリチュールとは、文学スタイルの変種であり、そのどこやら集合的な時代変遷のことであり、作家がそれを通して自己の形式の歴史的責任を引き受けるような言語的特徴の総体のことであった。作家がことばの仕事によってある種の言語実践のイデオロギーに関係することを、エクリチュールと考えていたのだった。二十年後のいまでは、一種の身体への遡行から、わたしは手仕事の意味でのエクリチュールの方へ向かいたいと思うようになり、《スクリプシオン》（書く、文字を描くという筋肉運動）に興味をもつようになった。道具をとる手（錐、葦、羽）、表面を支えにして押しつけたり撫でたりしながら進める手、均整のとれたかたちを繰り返しリズムをつけながら跡つける手のしぐさ［…］。ここで扱うのはしぐさであって、隠喩的な意味での《エクリチュール》ではない。手の運動が残す筋にかかわる肉筆のエクリチュールについてしか語らないだろう。（「エクリチュールを主題とする変奏」o.c., tome 2, p.1535）

このテクストは、著者自身も認めているように、なんらかの成果を呈示するものではないし、手の動きについて独自の見解を打ちだすものでもない。エクリチュールを手の運動の角度から考えること、その問題提起自体が歴史的にどのような別の問題をはらむのか、そうした内容をまとめた一種の研究ノートである。

ジャック・デリダが『グラマトロジーについて』で述べているように、七〇年前後にはエクリチュールをめぐる新しい問いのかたちが生まれ、当時はこの問題が加熱した時期でもあった。そのきっかけのひとつとなったのが、バルトもこのテクストで引いているルロワ＝グーラン、一九六四年の著書『身振りと言葉』である。これは人類の誕生以前に遡り、さらに現在まで、道具を使い、またことばを使いながら記憶と身体の能力を延長してきた人類の歴史を、「手」の解放と「脳」の発達の関係から考えた研究である。バルトがエクリチュールを手のしぐさの方へと近づけるときにも、やはり思考の脈流と手の動きが残す畝との関係が解明すべき課題となる。

バルトのテクストが準備的なものにとどまっていることから、社会史、経済史、比較文化史が扱ったエクリチュールの問題の整理、現在の諸分野からの研究の状況など、一見すると無味乾燥な感じがしないこともないが、いくつかの点で、その後のバルトが「講義」や『恋愛のディスクール』などで明らかにするポジションがすでに見られる。

書、文体（エクリチュール）が人柄を表すという古い決まり文句を、どのような科学のディスクールが論証できるのだろうか。バルト自身は、原稿を書くときの書体、ノートをとるときの書体、手紙を書くときの書体と、すくなくとも三つのエクリチュールをもつという。それらには同様の字体が見られるなどというのは問題ではない、自分の欲望はひとから教えられた書き方のコードにはなくて、自分が想像する読み手のイメージのなかに刻み込まれているのだ、とバルトはいう。

そこでエクリチュールを扱う知がいくつかある。一九六七年に「タイムズ・リテラリー・サプリメント」に掲載された記事のなかで、知のかたちを決定するのは、各学科が扱う対象ではなくて、法学や、歴史学、経営学などの各学位によって分割された学部学科という制度そのものなのであるとバルトは述べている。バルトはそこで「科学」と「文学」を対比させているのであるが、この際の「科学」は人文社会科学のことである。バルトによると「科学とは、教育のなかで教えられているもの」である。科学と文学にはどちらも言語で表現されるディスクールだという共通点がある。だが科学のディスクールにとっては、それが科学であるかぎりにおいて「ロゴス」（真理を表す言語、理性、論理）のもとに、言語は道具にすぎない。これに対し、文学にとっては、言語は自らの「存在」であり、「世界」である。文学は、書く行為のなかにあり、思考や語りや感じる行為のなかにはない。文字となることでしか、文学の世界は現れないのである。科学は語られるが、文学は書かれる、バルトはそのように定義している。

この科学と文学の対比は、バルトの思い描く「エクリチュール」の運動が想像的なものであるかぎりにおいて、エクリチュールの知の構築の困難へと導いてゆく。エクリチュールを扱う学知は、「歴史」「生理学」「心理学」「犯罪学」「象徴学」に分割されている（「エクリチュールを主題とする変奏」）。歴史学は大きな成果を残しているが、エクリチュールと文明の関連を明らかにしていない、生理学は「屈曲とは指の関節の屈曲です」という冗語に陥っている、犯罪学は専門技術的に過ぎて奥底の謎を解明しない、象徴学と心理学は記号表現（シニフィアン）と記号内容（シニフィエ）の関係を呈示するだけで、この筆体ならこの性格というだけである、などなど。バルトはこのように、科学の現状は手の動きと思考の働きのファンタスマティックな関係の探究には不十分だと整理している。

このように「書かれた物質」（文字列）であり、「書く能力・行為」（筆体）でも、「文書の形式」（文体）でもあるエクリチュールを語るディスクールはいまだない。バルトはエクリチュールの論証を放棄して、七〇年代後半の「ロマネスク」のエクリチュールの実践のなかで、この探究を続けることになるだろう。

手、機械――文字

さて、ここで問題となるのは本来の意味でのエクリチュールです。来る日も来る日も、時間と忍耐の試練が続いたあとで、企図が正確に定まると、つまり方法的生活が調整されると（これは文学の場とは別の場で立てられる問題なのですが）、わたしたちは次に時間的また空間的な枠のなかに移動することになります。つまり書いている途中の作家の身体です。手によって白い紙に向かい合う作家です。

アントワーヌ・コンパニョン（「頑固に書く」『コミュニカシオン』バルト特集号）によると、バルトは書くことの、儀式やしきたり、典礼様式、儀礼などを偏愛していたという。インク、筆、紙などは使い古された気に入りのもので、エクリチュールのフェティシズムを構成する。ボールペン（ビック）で書くのは、小切手などの外出時の書類や手帖だけであった。

コンパニョンがバルトと出会ったのは、まさに「講義」の主人公のように、ようやく書き出す「一歩」を踏み出した頃のことだった。書くという決心も曖昧なままだったその頃、バルトはコンパニョンに一台のタイプライターを貸した。理由は簡単で、ただそれが電気式であったからである。バルトは電気タイプを使わなかった。バルトが死んでしまったいま、コンパニョンはこのタイプライターをもち続けているが、それは単なるメカニックな贈り物というだけではなくて、自己のぼんやりとしたエクリチュールが「具体」のかたちをとる機械であったと彼はいっている。「実在は、機械でも、電気や電子、コンピュータ的でもない」。これが彼がバルトから受けとった「教訓」である。

書いているさなかの作家は読書をすべきかという、これもまたフォルマリストな、あるいは儀礼に関する問いをバルトは立てている。エクリチュールに没頭しているあいだ、ひとは「読むことができるか、読まねばならないか」。つまりこの問いは、エゴイズムのなかで方法的生活を獲得し、書き始めた作家が、他の書物を否定するまで進むのかどうかという問題である。

またバルトは、自己の「オブジェとしての書物の美学的理想」を語っている。日々送られてくるテクストのなかには、出版前の博士論文のように、「まだ本のかたちになっていないもの」がある。これはとても残念なことであるとバルトはいう。なぜなら、「書くとは、未来の書物を見ること、書物のヴィジョンをもつことなのだから」と。

自分の書いているものがどのような「本」のかたちになるのか夢見ながら、カフカは書店のショーウィンドウを見て歩いたという。このフェティッシュは、文房具の典礼から、彩となり華々しく供具の中心を飾る「本」に向けられるのである。この第二のファンタスムも、作家の筆への力となる。

わたしは、書いている間には、細かい集中的読書や仕事のための読書といった、ある種の読書の追放があるような気がします。エクリチュールは読書を追い払います。これは時間の問題であり、備給の問題ですが、きっと、たぶん、もっと慎重を要する問題、競合の問題でもあるでしょう。両方のための場は同時にないのです。だからこの書いている時期には、遠い読書、書いているものとは異質な読書しか可能ではないのです。

書いたものが具現すれば、それは他のオブジェとしての書物と同じ平坦なものとなる。だが、その姿が見えないままに書いている作家にとっての絶対的対象には、それが作家のファンタスムの出血から現れるオリジナルなもの、単独的なものであるためには、孤立が必要となる。けれども、書くものはいつでも合唱や輪唱のなかにある。たとえ、一度も読書をせずに書く者があるとしても、一語のことばも聞かずに、自分の母語や特有言語をもたずに書くことは不可能である。だから、書くものにはいつでも他者の言語の痕跡が、無時間の闇からのエコーのように響いているのである。

できあがった書物は、フェティッシュの対象でないかもしれない。けれども後で見るように、出版した者は次の作品を構想せずにはいられない。この新たな執筆は、方法的生活と、それを取り囲むやはり物神的な紙やインク、筆から響く過去の声のなかから営まれるのである。

書く知、書かれたファンタスム

バルトは科学と文学を対比させていたが、コレージュ・ド・フランス開講講義では、ミシュレにふれて、この対比は現実とファンテジー、客観性と主観性、真理と美に境界を設けるわけではないと説明している。そうではなくて、ことばのふたつの場が問題なのである。科学のディスクールの多くは、知を「言表されたもの」と考えているけれども、文学のエクリチュールのなかでは知は「言表する行為」であるというバルトの指摘は、彼自身の「ロマネスク」の実践を考えるときの重要な道標となるだろう。

この実践のなかで、バルトにとって、「エクリチュール」は広い意味での「文学」と重なってゆく。ただし、制度から解放された文学であり、書きつづることそれ自体に著者が可能性の場を見出し、この場そのものを読者に提供するようなものとしての文学である。この場はいってみれば可能的な場である。文学は実験を事後的に証明するのではないし、ある事実を論証するために書かれるのでもない。ある作品がなにがしかを立論する結果になるとしても、それは作品のエクリチュール全体のなかから現れるようなものであって、かならずしも論理の掟に従うものではない。ことばの本質そのものにより、わたしたちは存在しないもの、いまではないもの、過去あるいは未来、それも想像的なものを書きあらわすことができる。いま、ここ、地上に空間を所有しないけれども、たしかに考えられ得るものに場をあたえることができる。夢、理想、回想、残酷、倒錯、内容は問題ではない。この、あるけれども（いまだ、いま、これからも）ないものの憧憬をかたちとして呈示できる可能性が大切なのである。それは指差しながら示しうるものではないけれども、文学の想像的癒着のなかでたしかに伝達できるものである。それが指示しようのないものであれば、著者の考えた内容が読者に無傷のままコミュニケートされるということはありえない。作家が贈ることができるのは「かたち」だけであり、読者が受け取るのも「かたち」だけである。作家はこの可能性を、論証によるのではなくて、「エクリチュール」、つまり書く実践そのもののなかで生きるのである。

〔文学と科学という〕パラダイムは機能による分割に従うのではありません。一方に学者、研究者をおいて、他方に作家、エッセイストをおこうというわけではありません。それとは反対に、エクリチュールは、いたるところどこでも、ことばが薫りをもつところにあることを示唆しているのです。〔…〕ことばの風味が深く豊かな知をつくるのです。たとえばミシュレの命題はずいぶんと専門家から非難されたようですけれども、彼はそれでもなにかフランス民族誌のようなものを樹立したのです。ひとりの歴史家が歴史学の知を置き換えるたびごとに、わたしたちはミシュレのうちに純然たるエクリチュールを見出すのです。〔…〕

文学言語の倫理とでもいうべきものが必要となるでしょう。それが疑わしいと思われているだけに、確立しなければならないのです。作家や知識人は実によく、「みんなの」言語で書いていないと非難されます。でもひとびとが、たとえばフランス語といったひとつのイディオムのなかで、いくつもの複数の言語（ラング）をもつのはよいことでしょう。（«Leçon», o.c., tome 3, p.806）

詩の住家

ロラン・バルトは記号学の伝道師から構造主義の看板となり、ヌーヴォー・ロマンの庇護者となりながら古典とロマン主義の文学を愛し、広告から映画、音楽までを論じながら精神分析の用語を用いるかと思えば、言語学への目配せも忘れない。このような「変遷」の過程を鈴村和成は「ジョーカー」というように形容している（『バルト──テクストの快楽』講談社、一九九六年）。バルト自身、あまりにも多岐にわたって手を伸ばしたがゆえに、自分はいかなる分野の専門家でもないという。しかし、生涯を通じて変わらなかった関心をひとつ選ぶなら、それはエクリチュールや言語活動、記号表現に向けられた、身体に根ざした道徳論であるといえないだろうか。微光の粒の宗教と肉体の肌理《きめ》の倫理から構築される実践、わたしはバルトの活動をそのように要約する誘惑に抗えない。けっして総合されることなく、小声で響きあう要素たちが「生」を肯定するような思想がそこにはある。

「テクストの快楽とは、わたしの身体がテクストがもつ固有の思想に追いてゆこうとする瞬間のことである──なんとなればわたしの身体はわたしと同一の思想をもっていないのである」。『テクストの快楽』からの引用であるが、後文は以下のように続く。

わたしたちは享楽の身体というものをもっている。この身体はエロティックな関係だけからなっていて、〔文法学者にとってのテクストである解剖学や生理学の身体にほかならない〕第一の身体とはなんら関係ない。〔…〕身体としてのテクストは、言語の炎たちの開かれたリストにほかならないこれらの生きた火、明滅する光、流れゆく閃光は、テクストのなかに種子（semences）のように散布されていて、中古哲学のセミナ・アエテルニターティス（永遠の種子）、ゾピラ、共通観念、根本仮定にとって代わることも悦ばしきかなや。

このパッセージが、ライプニッツの『人間知性新論』の一節のパスティーシュであることは明らかである。原文はアリストテレスからロックまでのタブラ・ラーサ（生まれる人間の魂の白紙状態）の問題を概観し、「パウロのことば〔神の法は魂に書かれている—*qui ostendunt opus legis scriptum incordibus suis*〕をこの意味でとるすべての者たち」からストア派（「予期概念—prolepses」）の原理までの生得説を比較している部分である。続いて以下の一節がある。「数学者たちはこれ〔経験以前に獲得されていること〕を共通観念と呼んだ。より最近の哲学者たちはそれにより美しい名前を与えた。とりわけスカリゲルはセミナ・アエテルニターティス、つまりギリシア語のゾピラと名づけた。わたしたちの内奥に隠されているけれども、感覚と出会うことで燧金《ひうちがね》への一撃が火花を散らすようにして飛び出てくる、生きた火、光の線条を意味したかったのである」（「序言」）。

「テクストの快楽」が言及されるときには、ニーチェ的な「道徳性」のスタンスへの転回ということがよくいわれるが、そのことは経験論の否定と自然哲学的な文脈での唯物論へのウィンクと同時に生じるのだろうか。いや、それほどおおげさなものでもないだろう。中世の修道院生活のかたちへの憧憬、神秘体験の誘惑、生活の均整、そうしたところからストア派から神秘学、ニーチェまでをも縦断して、生の倫理とでも呼べるものを求めているように思われる。ただし、原子、あるいは種子、単子などのイメージは、エクリチュールと無関係なものではない。すべて文学の場と関わるのである。閉じられた新生はなにも残さないわけではないことを、わたしたちはバルトの経験から、またニーチェの輝きからも、すでに知っている。散種……、自己の責任でそんなことばも使用してみたくなる。

「テクストの快楽」は、しばしば《無秩序》や《著者の否定》と混同される。だがこの書は、ジャンルと闘うための倫理的なマニフェストとして読まなければならないだろう。この場合の倫理とは、大学教科や文化間のハイアラーキー（ハイ・カルチャーとサブ・カルチャー、純文学と大衆文学、宣伝チラシと哲学書！など）に染みついた権威の保守に懸命となるための倫理ではなく、そこにひそむ権力／暴力をめざとく見つけて、すべてのディスクールの差異に権利を与えるような倫理である。これは《校訂版》や《草稿》を尊重しないということではいささかもない。著者の否定ですらない。むしろ文書を通して「意図」を伝達することの不可能性からくる絶望の裏返しと考えることもできるだろう。

冒頭からバルトは、学校やおしゃべりや安息の場（l'asile）から追い出されて社会から排除されるアンチ・ヒーローを描いている。この人物は、「相容れないと不評の言語使用であっても、それらを含めてすべての言語使用をまぜこぜにして、非論理的だとか不徳義だとかいったごうごうたる非難に押し黙って耐える」。ところが、この想像の人物に喩えられたものこそが読書のなかで歓びを感じるときの「テクストの読者」にほかならない。

生徒の落書きから、病院のカルテ、役所の記録、請求書類、そして哲学や文学から自然科学の「書物」まで、あらゆるディスクールをいったんカテゴリーの枠外においてみて、同一上の平面に並べて目的に適った方法で分類し直したときに浮き上がる一時代の「知」、ミシェル・フーコーが『知の考古学』や『言説の秩序』で理論化する「ディスクール」の方法論は、このようなジャンルの宙づりに近いものであった。ロラン・バルトの「テクスト」は、バンヴェニストの影響を受けて彼が六〇年代から探究してきた「ディスクール」の問題の政治化された用語ともいえるわけで、それはジャンルの破壊と新しい「読み」の方法の創造の試みでもあった。

　このような、あらゆるディスクールを方法的に一度中性にして、分析を新しくやり直す研究の対象を、わたしたちは「言語態」[*1]と呼びたいと思う。それは「ディスクール」や「テクスト」の語が流布の過程で予期せぬ変容をこうむって、いまでは一定のコノテーション（共示的意味）をともなっているからであり、すなわちイデオロギーが含まれているからという理由もあるのだけれども、それだけではなくて語用の煩瑣を避けるためでもある。「言語態分析」は、ときには「ランガージュ」とも呼ばれる、映像や音声その他メディアのあらゆる記号システム内の表現活動を、言語《ラング》を係留点として分析する方法論（E・バンヴェニスト）に基づいていることもつけ加えておこう。

　さて、バルトは同書の冒頭にアンチ・ヒーローの像を描いて見せた。アンチ・ヒーローは嫌われ者であったりぶざまであったりするかもしれないが、それでもやはり英雄であることにかわりない。彼／彼女が傑人であるのは、ひるまずに闘うからだ。バルトが「差異は抗争にマスクしたり手心を加えたりしない」とか、あるいは「差異は抗争から勝ちとられるもので、抗争の彼方に、抗争のかたわらにある」というときに、この闘争が「言語活動の政治」に関するものであることは明らかである（o.c., tome 2, p.1501）。バルトは教室での教師と学生のコミュニケーションや、店先での日常の会話のなかにも、言語外要素の権力関係が潜んでいることに敏感であった。たとえば教師のディスクールは、評点や単位取得の制度がもたらす権力関係に基づいている。「今回の点数は納得できないな」という発言のなかにも、採点の脅迫がある。そもそも教師が真理を語る、真理は教師の側にあると想定しないかぎり、学校教育という制度は成り立たないのである。

「テクストの快楽」すなわちディスクールの中性化の闘いは、極度に政治的なものである。バルトが政治音痴というのはある意味であたっている。だがそのときひとびとは政治の語でなにを意味しているのだろうか。デモに加わらないから、宣伝パンフレットを書かないから、署名しないから、ひとは政治音痴なのだろうか。政治家志向がないから政治音痴なのだろうか。カリブでもないのに二十世紀も後半というときに葉巻を吸っていたからブルジョワ的保守主義なのだろうか。そのような意味では、バルトは政治からひどく離れた場所にいた。もちろん高校生のときに小さな反ファシズム集団をつくったり、サン＝ティレールのサナトリウム時代に学生自治会の執行部選挙で権謀術数をめぐらしたりといった逸話はいくつもある。けれども作家としてのバルトは、もうひとつの政治の方へと向かっていた。もうひとつの政治とは、すでに言及した「言語の政治」である。

「抗争が戦術的でない（現実の状況の変革をめざすものではない）たびごとに、その抗争には享楽志向の欠如と倒錯行為の失敗が「チェックされる」とバルトはいう。ダメな抗争とは、コード（言語・記号・行動のコード、約束事、法規、規範）でガチガチになってしまい、その重みにぺちゃんこにされて、抗争を産出し続ける愉しみを忘れてしまうもののことである。「暴力を拒否するために、わたしはコードそのものを拒否する」とバルトがいうときに、これは一般的な意味での政治からの逃走を意味するのだろうか。おそらくそうだろう。政治というのは、数々のコードに凝り固まったものである。左翼にも、右翼にも定型のディスクールというものがある。唐突だがこの中性の指向は、アメリカで起きた九・一一テロ事件で加速した坂本龍一の《非戦》というコンセプトとある意味で共通性をもつ。「暴力に反対する勢力や言説は、もうひとつの暴力となる」という坂本のデコンストラクティヴな思考は、どちらの側のディスクールも無効にするような立場から提言されている。またかつて、「敵対は敵対では終わらない」といわれた。バルトならば、「それはどちらもコードにがんじがらめにされた、コードの専制に従っているのだ」というところだろう。ここで「コード」の暴力から、なぜ「テクスト」が必要となるかという点を、バルトのことばから確認しておこう。「わたしがテクストを愛するのは、それが、そこではあらゆる『言い争い《セーヌ》』もあらゆる言語闘技も不在の、稀なる言語空間だからである」。上で述べていた抗争が、自分たちがその檻に閉じこめられているような「コード」の専制に意識的な闘いだとしたら、言い争いや言語闘技は「コード」に盲目的な不毛な遊技であり、ときには滑稽なものである。したがって、「現実の状況」を変革するのはむしろコードを拒否しながら、二律背反や二者択一といったロゴスの掟（論理性）にひるむことなく、あらゆる差異が差異を承認しあうような言語の政治との闘いの方なのである。

　コードは本性により排除するようにと機能する。わたしたちが使っているパソコンも、0か1かを指示するパルスによって動いていく。0または1であって、0であり1であることはできない。それがコードである。地球上の空間で、ふたつのものが同一の場所に存在することができないのと同じである。二十世紀初頭にハイチが独立宣言をした後では、もはやフランス領サン＝ドマングの場所はない。新しい形の世界システムのなかで、他の項・要素（システム内の単位）たちが招いた地球温暖化の現象のせいで、ツバルの群島がオセアニアの大洋に呑み込まれれば、国家ツバルの存在した場にはもはや果てしない波があるばかりである。

　言語と地政学的な話をパラレルに語るのは理由のないことではない。コードはシステムがあってはじめて機能する。またコードがなければ、システムが必要な根拠はない。両者は同時に現れる。さらにシステムが各項（要素）を構成し、各項がシステムを形成する。事後的に見れば、日本語というシステムのなかには、《動物》というカテゴリーがあり、その下位の方に向かってゆくと、《イヌ》《ネコ》《ヤギ》《タヌキ》《キツネ》《イノシシ》《シカ》《イタチ》などといった項がある。動物や食物、感情、動作、感覚などを表現するために、名詞から助詞までさまざまな項があるけれども、これらさまざまな要素が日本語と呼ばれるひとつのシステムに不可欠なのである。世界もまた、地理的・政治的に見れば、英国やブラジル、ドイツ、ウクライナなどさまざまな国家とその領土があり、かつては資本主義（貿易）というコードが世界システムを統べてきた。日本語を話したり書いたりするためには、文法と呼ばれる規範や、状況に適った語の使い分けなどの規則、また日本語を使用する資格と能力をもつための教育などがある。それがコードの習得である。いまさら繰り返すまでもなく、たとえば田中克彦の仕事などを参照してもらえれば済む話ではあるが、軍国主義時代の日本では「罰札」など日本語（標準語）の使用を強制するための制度を導入していた。この場合、コードの習得というよりも、暴力による「押し売り」であるが、多かれ少なかれコードは暴力と結びつく。

不動の哲学、言語の場

さて、七三年に刊行された『テクストの快楽』が、本人の弁のとおり「テクスト性から道徳性」への転回の序章だとすると、この企図が具体化するのは七七年から七九年頃、つまりコレージュ・ド・フランス時代のことであろう。『テクストの快楽』は、コードの専制と闘うよりも、ジャンルの革新と同時に、バルトにとっては喧騒でしかない社会秩序言語《ソシオレクト》から逃避するためのユートピアとして書かれた側面もある。いってみれば戦闘放棄である。（「強情な享楽を軸にぐるぐる回りながら、わたしは不動のままにある」）不動（immobile）は新生「講義」の鍵言葉のひとつである。『テクストの快楽』は、外観上読者の側の立場から書かれている（が、実際には書くためのエッセイである）。読者としては、ついぞ、たえて、言語表現にいたらない享楽に向かっての航跡を作品として読むことができる。それは無限に続航しながら、最後には肉体の死を迎える作家からの贈与であるのかもしれない。作品のかたちをとった作家の欲望の書跡から、読者は「快楽」を受け取る。

しかし道徳論の思想が熟れるにしたがって、コードと向き合いながらその作用を無効にするようなディスクールの戦術が姿を現す。七七年に刊行された『恋愛のディスクール・断章』は、そのような闘う書物である。ア・トピアと呼ばれた理想の発話空間は、「空間」とは別の文学に種差的な「場」の概念にとって代わられる。場とディスクールは、「かたち」《フィギュール》の概念とともに、バルトによる文学の道徳論の基盤となる。道徳論の「道」は、もちろん「タオ」であるし、「徳」はニーチェ的な徳以降の美徳のことであろう。バルトが死にいたる直前に考えていたことを理解するには、「タオ」が「場」の、「徳」が「かたち」の理論に支えられていることの参照が必要かもしれない。ここでは「徳」に話題を絞って進めよう。

『恋愛のディスクール・断章』のなかでは、身体に根ざした言語－道徳論が展開されているが、この言語－道徳論はコードの問題と無縁ではない。ニーチェが批判し、フーコーが分析したように、（善／悪の）「道徳」は欺瞞であるにしても、社会のなかでわたしたちの行動スタイルを決定する道徳規範となってコード化されている。この次元でコードを乗り越える試みが、文学・言語活動の場、つまり「かたち」での、美学としての道徳の実践である。

語る主体とは《テクスト理論》によってすこしばかり使い古された語であるけれども、人間がことばの交換によって組織されるなにものかであり、そのことばはこのなにものかによってしか発せられないという意味で、奥の深い表現である。エノンシアシオン（言表行為）やアンテルロキュシオン（交話）は、物語分析だけに有効なわけではなく、人間という現実そのものの状況を語るに欠かせない重要な概念である。このことをあらためて明確にしたのが、ある種の精神分析である。挿話的に、精神分析のあたりを歩いてみることにしよう。

たとえば「禁止」とはいつでも、言述（le dire）による抑止のことである。いくらか隠喩的なもの言いかも知れないが、それはつねに超越的な「声」による諫止のことだ。

B・ベンヴェヌートとR・ケネディ（『ラカンの仕事』青土社）にならって、エディプス・コンプレックスのメカニズムを荒っぽく整理すると次のようになるだろう。母親は自分で有していないファルス（ないし男性）を欲望する。この母親の欲望（le désir）の対象に子供は自己同一化する。この母―子の想像的関係には、「他者」[2]としての《父》が介入する。《父》は母親を欠如（去勢）へと連れ戻す。母との想像的（共生）関係のなかで子どもが求めていたのは、「享楽」（la jouissance）、または享楽することである。しかしながら自己同一化を試みたファルスは《父》という「他者」に属しているのだから、またそこには禁止の声があるのだから、「享楽」は永遠に「他者」のもとにしかない。だから、この永遠に先送りされた享楽は、禁止による象徴的去勢と同時のものだといわれるのである。だからラカンは《inter-dire》とハイフンを入れたのである。

享楽は死の側にある。だがまた享楽は、終局をもたない欠如がもたらす「悪魔的な」反復そのものによって、生の中心にも位置する。快楽原則の彼岸にある。フロイトにとっては、死の欲動と呼ばれた「反復」はエントロピーの増大として、生（エロス）に対置されるべきものであった。反復強迫は「快楽原則より原始的」なものであり、快楽原則が生の恒常性をもたらす法則であるのに対して「理解できない傾向」であった。

享楽が欠如としてしか経験し得ないのは、それが象徴の世界（言語活動）にけっして現れないものであるからだ。欲求がクラインの「よい乳房」のように対象から満足を得るものだとすると、要求はいいいいことばによってほかの人物に向けられるものである。この対象的世界と象徴的世界の狭間にあって、享楽は両者の間隔にしかない。快楽は基本的に「刺激の無制限な放出」を制止するものとして、もっぱら言語にかかわるものである。バルトが「テクストの快楽」と「テクストの享楽」の間でためらいながら揺れ動くのは、作家にとっての欲望は読者から見れば快楽でしかない、すなわち読者はことばとしてしか作家の欲望を受け取れないからである。

テクストの享楽は、もしそうしたものがあるとするならば、作家の執筆の動機であり、読者の受け損なう自己の欲望でもあり、つまりそうした失敗あるいはミッシング・リンクとしてしかあり得ないだろう。バルトは「快楽はいい表せる（dicible）ものだが、享楽はそうではない」と書いている。「享楽は不－表現（in-dicible）、禁止（inter-dire 間で語られる）である」と。

ラカンはフロイトのエコノミー論を受け入れながら、快楽は享楽を制限するものだと考える。享楽のリミットを超えるとは、死を意味する。いや死によって獲得されるという意味ではなくて、死と同様にけっして経験できないものだという意味である。したがって、文学の場合も読書の経験に価するのは欲望の残滓としての快楽に過ぎないわけである。

それほど気の進むことではないが、わたしたちはラカンまで参照するはめになった。「講義」にいたる晩年のバルトのディスクールは、彼の読書遍歴の数々に彩られた「作品」の集大成でもあるからだ。言語学や精神分析、哲学の専門用語を自由に使い、本人も自分は用語を借りただけであると言明する。たしかに、彼のテクストのなかでこれらの語は、ヘーゲルやラカンやグレマスとは毫も関係がないように思われる。しかしながらバルトのいわんとすることを深く追い続けると、まさに「行間」（interligne）で参照元の思想と絡み合っていることがわかる。ちなみに「行間」とは、書く作業の企図をテクストの痕跡から読むために、「ひとつの文からほかの文への間の声」を聴こうとして書かれたジャン・ベルマン＝ノエルの著作の題名である。バルトを読むときに問題となるのも、まさにここでの場合、ラカンの声をバルトの行間から聴きとることにほかならない。

結局このような迂回をたどったのも、バルトの「かたち」と「場」の問題を考えるためにほかならない。「場」とは、社会や自然にわたしたちが生きる「空間」のことではない。四六判の小さな立体のオブジェ、なにやら文字が刻まれているひとつひとつの白い表面、これらは空間から見ればとるに足らないものである。だが、そこにとてつもない世界が広がることがあり、それが書物と呼ばれる。また、マラルメが「花！」といったように、わたしたちは「一〇〇リットルのジョッキ」とか、「紅い海のなかを歩く金のロバ」とか、勝手な想いをことばにしながら、社会にも自然にもないオブジェを生み出すことができる。「場」とは、そのようなものである。

この言語的な「場」は、しかしながら絶対に自由というわけではない。やはりそこにも、論理言語や慣用範囲などのコードの拘束があるからだ。そこで、ロゴス、「言語」を離れて、享受に近づくときに問題となるのが、「かたち」である。十分に展開することができないが、『恋愛のディスクール』に繰り返し「かたち」が現れることを指摘しておこう。

たとえば、恋愛のディスクールを支配する特定のコード（宮廷恋愛のコードなど）を、《わたし》の物語に即して充足することを問題にしながら、その物語を汲み出す場が「トピカ」（用例集）であり、これがさまざまな「フィギュール」（かたち・文彩）をためながら「トポス」（常套句・場）を形成しているとバルトはいっている。またフィギュールはディスクールの破片でもある。愛はことば（論理）につくせないものであるにしても、ディスクールのなかの「かたち」として、とぎれとぎれに表現され得る。詳しくは欲望の書にほかならない同書を参照してもらうこととして、そこには「愛」と「時間の破棄」のテーマを包むようにして「場」と「かたち」があると指摘するにとどめたい。

さて、道徳性とは「モラリテ」である。「実行の希望のないモラリテ」とは、社会に場をもたないニーチェのユートピアを、言語活動が可能にする欠-場（アトピア）の領域で実践しようとしたバルトの、絶望、諦念、死とも考えられる（「つまり各人が自分の美徳、自分の定言命法を発見すること、これこそ保存と成長の最深の法則が命ずることである」とニーチェはいっている――「反キリスト者」）。

バルトは、『テクストの快楽』のなかで、次のように書いている。

快楽の作家（とその読者）は文字を受け入れる。享楽を諦めることで、作家は快楽を語る権利とパワーを得る。文字が彼の快楽となる（話《パロール》ではない）。言語愛好家、作家、手紙マニア、言語学者など、言語を愛するすべての者たちも同じことである。このように快楽のテクストたちを語ることは可能である。そこには享楽の無効〔S・ルクレール〕をめぐる争いはない。批評はいつも快楽のテクストたちを対象とするが、けっして享楽のテクストを相手にすることはできない。フローベール、プルースト、スタンダールを尽きることなく注釈しながら、背後にある根本テクスト〔享楽のテクスト〕についていうことだろう、虚しい享楽、過去あるいは未来の享楽、と。「君は読むだろう、わたしは読んだ」と批評文は語りかける。批評はいつでも歴史的であるか予見的であるかのどちらかだ。〔享楽は根源的な原始性に由来するにもかかわらず、永久の先延ばしにされるから〕事実確認的な現在、享楽の現前での呈示が批評には禁じられている。〔…〕

享楽の作家（とその読者）とともに、こらえきれないテクスト、不可能なテクストが開始される。このテクストは快楽の外、批評の外にあり、他なるひとつの享楽のテクストによって追いかけられるだけである。そのような享楽のテクストに《ついて》語ることはできないだろう。ただできることといえば、この享楽のテクストの《なかで》自己流に語り、気でも狂ったかのように剽窃を続けながら、享楽はないとヒステリックに唱えることだけである。そのときには、もはや強迫観念のように快楽の文字を反復することはないだろう（o.c., tome 2, p.1505）

開講講義のことばを借りるならば、「言表は言表者不在の生産物であり、言表行為は主体の場所とエネルギーを晒しだしながら、語ることで主体の『欠如』を明らかにしながら、言語活動の現実自体をめざす」のである。

「美徳」が「善そのもの、没個性的で普遍妥当性を備えた善の」の正反対のものとなるならば、欲望としての「かたち」は「ことばそのもの、使い古された決まり文句からなることば」とは正反対のものとなるだろう。

◇**註**

1 バルトの発表に続く議論は、このシンポジウムの混乱を象徴している。J・プーレ、L・ゴルドマンなど、いわば前世代の理論家からは、「あなたが言語活動といっているのは思惟のことではないのか」、「サルトルが描いたような自我と社会の関係はどこにあるのか」などの批判が相次いだ。構造主義をこれから受け入れようとしている英語圏の研究者たちは、バルトを擁護しようとしながら、言表／言表行為の構造言語学的なタームで語るだけで、バルトの講演を理解していたとは思えない。アンチ歴史主義だとの批判がもっとも多かったが、なかでも酷いのはド・マンである。バルトが新たな批評の方向として打ち出すものが、ヘーゲル哲学や現象学よりも「優れている」ことを論証しなければならない、とド・マンはいう。だが、ド・マンはバルトの文学経歴をまったく理解していないのである。「あなたは、マラルメやヌーヴォー・ロマンを題材にしてエクリチュールを語っているが、あなたがそれらをロマン主義の小説や物語や自伝のなかで生じたことと対立させているならば、あなたはただ単純に間違っている」とド・マンはいうのだが、それはおそらく『ゼロ度のエクリチュール』とそれに続くいくらかのエッセイの読書から来る早計だろう（シンポジウム記録、第二版、一五〇頁）。

＊1　「シリーズ言語態」（全六巻）東京大学出版会、二〇〇〇―二〇〇二年。「わたしたち」と書いたが実際にはそれぞれの「言語態」の定義がさまざまにあるのだ。この多様性こそが「言語態」の概念の力である。詳しくは「文学機械」の二巻目、『言語態の経験』（仮題、近刊）を参照願えれば幸いである。

○編集注　本書の刊行時構想中だった『言語態の経験』は、『言語態分析――コミュニケーション的思考の転換』慶應義塾大学出版会、二〇〇七年として結実している。

◇2　便宜上「対象」という用語を使ったが、ラカンは存在論的にこれを対象と呼べないことを語っている。ラカンがいうには、フロイトの理論のなかで「ファルス」は純粋に関係のなかから現れるものであるのだから、メラニー・クライン的な「よい対象」（欲求を満たしてくれるよい乳房―内面化）とか「わるい対象」（欲求不満をもたらす悪い乳房―攻撃性の外面化）という意味での対象と呼べるものではないし、ましてやファルスが象徴しているのは、ペニスのような性器のことでもない（*Écrits*, Seuil (=Points essais), tome 2, p.108）。ラカンはファルスを、分析の間主体的な構造のなかで謎を解く働きをする「シニフィアン」だという。

7 象徴の〈掟〉としてのエクリチュール

バルトは道徳の問題の前に、精神分析を経由することになるだろう。「講義」のなかで、もっとも難解な箇所といえるところでバルトは理想自我と自我理想の弁証法[◇1]というものを語っている。精神分析の用語を多少知らないと理解が難しいこともあるが、まず該当箇所をレジュメのかたちで示しておこう。前章で見た「愛」のエクリチュールを理解するには、「エクリチュールとイマジネール」の弁証法に入らなければならないとバルトはいう。ここで舞台に上るのは、理想自我と自我理想という精神分析ではよく知られたカップルである。バルトが弁証法などというのは、そこにキアスム（交差配列）が見られることを明らかにするためである。

> 自我理想というのは、要求の場です。したがって自我理想という審級のステータスは、言語活動ぬきには考えられません。フロイトの心的装置に関する第二理論では超自我という審級が現れますが、エディプス・コンプレックスの延長である超自我は、両親の要求と禁止の内在化なのですから、自我理想にくらべて二次的なとりこみに過ぎないのです。超自我はいってみれ

ば拘束するものであって、理想自我は昂揚させるものです。自我理想は、象徴界の側にあります。つまり言語の側です。

それに向かい合って理想自我があります。理想自我に即して主体は自我理想の好むように現れる、または現れようとします。理想自我は、想像界の側にあります。だから理想自我の自我理想への依存は、想像界の象徴界に対する依存のようなものです。

両者の平衡は微妙であり、乱れると主体の不均衡が生じることになります。たとえばフロイトのいっていたことですが、麻痺を起こすような周期的な情動状態においては、自我理想が自我に対して厳格なコントロールを行使したあとで、主体はそれに吸収されてそこに溶けてしまうようになります。別の例として、恋愛状態における全状況は次のようにまとめられます。「対象、つまり愛の対象が自我理想の占めていた位置を奪った」と。このことはおそらく、どうして恋愛状態にあるときひとは書かないのか、どうしてエクリチュールは恋愛状態とけっして同時に一致しないのかという疑問に答えるものです。

エクリチュールは、恋愛状態の後で、その役を引き受けるのであって、現働化した恋愛状態と、現働化したエクリチュールの間に一致はありえません。そこにはズレがあらねばなりません。ひとは、恋愛の後や前に書きたいと欲するのであって、恋愛の間ではありません。

エクリチュールは、象徴界の審級のもとにある活動であって、つまり自我理想の側にあります。エクリチュールは象徴界に浸透された活動です。けれども、理想自我というもうひとつの審級がそこにあるのです。理想自我はある程度支配された審級です。

したがって、自我理想の要請つまりエクリチュールと、エクリチュールの外にある想像的な理想自我の要請の間に一種の微分がうち立てられるというのがわたしのテーマです。主体をエクリチュールへと向かわせるのはこの微分＝分化であり、それはなにかしら際限なく、死にいたるまで主体を書くように拘束するものなのです。

愛にある作家はこのように、思考し、進み、機能するのですが、やがて「わたしはいいやつでありたい」また「親密《アンティム》でいたい」とひとりいうでしょう。それが理想自我の言表です。けれども自我理想の方は、「わたしはそれが語られ、それが知られることを望む」といいます。この分化のせいで、エクリチュールは理想自我、つまり書きたいと思う者の想像界をけっして満足させられるものではなくなってしまうのです。

作家にとってエクリチュールとは、第一に価値のポジションであり、本質的言語のかたちの下での大文字の「他者」の取りこみなのです。この感情はいずれにしても単純ではなく、作家は一次ナルシシスム的な信念を所有し、それによって構成されているのです〔言語以前の禁止と拘束のない世界での密着〕。わたしは書く、だからなにが起ころうとも書きたい。わたしは書くのだから価値がある。こうした信念は伝統的に傲慢といわれるものです。

作家の傲慢は、エクリチュール活動の原始的原則です。シャトーブリアンの場合が、実に分かりやすく明白な例です。シャトーブリアンは政治家の人生と文人の人生をもちました。彼にとって政治生活はかなりの重要性をもっていて、『墓の彼方からの回想』の大きな部分を占めています。回想のなかには、政治的な自己満足の幾千もの表明があります。自由な政治信条の正しさ、実績、行動の厳密さなどなど、たえず話題は自己満足に向かいます。シャトーブリアンには自己—価値—誇示があるのです。

しかしながら、シャトーブリアンにとっての根本要素は、作家の絶対的傲慢にあったのです。たとえば、かつて名も知られず貧しい経験をしたロンドンに、作家となり政治家として大成したシャトーブリアンは一八二二年ごろ、大使として戻ってきます。そのとき残したのが次のことばです。「わたしの政治的地位は、わたしの文学的名声の陰にあった」。

またカフカは、「今夜また新たに自分の才能が恐ろしいほど伸びているのを感じた」といっています。あらゆる作家には書き上げた作品の価値への疑念がありますが、そこには深い傲慢がつねにあるのです。自我理想のように書くこと、それこそが至上なのです。またそれこそが活気づけるものなのです。書くとは、価値をつくる〔立派にみせる〕行為であり、それは書く活動と同体なのです。

それはそうなのですけれども、矛盾するようですが、ここに作家を機能させる弁証法が始まります。際限のないエクリチュールにおける言語、失望の感情、価値の喪失の感情が入ってきます。「わたしは書く、したがって自己を引き受ける」と自我理想はいいます。でも同時に「否、わたしが書くものは、わたしのすべてではない、残りがある」と理想自我がいうわけです。わたしは、わたしが書くものよりも価値があるというのです。これがロマン主義の作家です。自己の過剰評価は、運命としての来たるべき全体的な、包括的なエクリチュールの要求へとつながるのです。わたしのすべて、わたしの想像界のすべてを語る全体的エクリチュールです。これは芸術家の欲求ではありません。むしろ象徴界の側にあるものです。

この残りもの、剰余を、エクリチュールは絶えずつかまえようとすることになります。そこで与えられる猶予は、なんどもなんども新たに書きながら、無限に書きながら開拓せよと命じます。この残滓とは、表明し、催促し、要求する理想自我のことです。この残りのものは自我理想つまりエクリチュールに対して圧迫的な緊張となり機能します。

作家の理想自我は、自我を一種の競り上げにおきながら、極限では、わたしの運命における来たるべきエクリチュールの熱烈な願いとなります。来たるべきは、全体的エクリチュールというわけですが、それは十全に語り、言語活動の舞台にわたしの想像界の全部を投げかけるようなエクリチュールです。

一般的に、想像界、理想自我というものは、乾いたものとそうではないもののテマティックな対立として機能します。エクリチュールは、乾いたものとして経験されます。エクリチュールは乾燥の側にある。だからわたしは、エクリチュールの乾燥性または非−感傷性を自我のなかの乾いていないものに対立させたいと思います。自我のなかの冷たくないもの、自我のなかの熱く、熱のこもったもの、感情的なもの、感動、寛大なものにです。

作家にとっては、ある空間、ある想像的な空間を汲みつくすことが問題なのですが、この空間は想像界の定義そのものからいって汲みつくし得ないものなのです。その全体性をまちながら、作家は書くのです。

エクリチュールの自我理想によって閉じこめられた理想自我の運動こそが、まさしくエゴティスムの克服となるのです。それがもたらすのは寛大ではなくて、一般愛です。たとえば、エロスのアガペへの発酵や弁証法です。文学はいつでも愛といくらか関連するものなのです。

作家は感嘆されるために書くのではありません。名誉のために書くのでは、長続きしません。わたしとしては、自分は哲学者でも芸術家でも詩人でもありません。讃えられるのはわたしにとって嬉しいことです。でもそれは五分も続きません。やがてそれは崩壊し、ほんとうではない、真正ではないとなるのです。心のなかのどこかに、ひとびとにわたしのことを語ってほしくない、よくもわるくも語ってほしくないという深い願いがあるのです。正確にいうと、何人かに愛されるため、そして遠くから愛されるために書くとはいえます。そうでなければひとびとは書いたりしないでしょう。作家の利点とは、遠くから愛されることができることです。

理想自我はいつでも書かれたものよりも自分が価値あるものだと思います。「わたしはもっと価値がある」といいながら、自分自身を証言できたらと願うのです。理想自我は、自分の意図、自分の長所、そして「わたしはいいやつだ」と理解させたいのです。そこから「誰か証人が欲しい、正義を返してくれる証人、わたしの自我の保証者となるひと、自分の担保となる主人＝異邦の保護者が欲しい、自分がそうなりたい」という理想自我の願いが生まれます。そして理想自我が悲しみをもって確認するのは、自分のエクリチュールが、世論、ジャーナリズムのなかで、主知主義の、自発性の欠如、熱情の欠如の非難や悪意を招いていることなのです。それも、非難が向けられているのは、なんととるに足りない人間であることかと思うわけです。

実際にわたしはそうした感情をもつことがあります。そうしたときにわたしはやはり悲しみをもって、そのイメージを確認することになります。実際にわたしは別な風に自分を夢描き、想像し、感じているからです。そこで、わたしはまた別のエクリチュールを想像することができます。一種の対抗エクリチュールで、それが自分を語り、自我理想の外に自分を運んでくれるように思うのです。あらゆる「パッシオン」の価値です。

もしもわたしが自分のエクリチュールの反映を文字どおりに受け止めるならば、わたしの自我はエクリチュールによりゆがめられることになります。そこで異議を唱えるわけです。わたしの理想自我はわたしのエクリチュールと一致しない、とですね。〔…〕

わたしが「小説《ロマン》」と呼ぶものは、歴史的に規定されたジャンルのことではなくて、エゴティスムの超克があるあらゆる作品のことです。エゴティスムの超克は、科学やエッセイや批評などの同質性ではなくて、他者との共感、共-感へと向かうことです。ある意味で模倣的《ミメティック》な共感です。そして、これを表すには「コンパッシオン」〔憐憫、同類相憐れむ〕の語しかないように思われます。すくなくともフランス語では選択の余地がありません。愛などの語もありますが、それらは信用失墜していてすこし滑稽なマークをつけられています。この語を選ぶしかないでしょう。ルソーはこの語に哲学的な尊厳を与えました。いいでしょう、わたしは喜んで「コンパッシオン」の語を用いましょう。わたしが「小説」と呼ぶものは、「コンパッシオン」を引き受けるものなのです。そうすると「小説」は理想自我の拡張、または拡張の意志とみなすこともできるでしょう。〔…〕

理想自我と自我理想の語を用いて説明してきたのは、それが一種のエクリチュールのメカニズムを形成するからです。そこには競り上げがありました。第一段階で、ひとは「わたしを愛せ。わたしはそう見えるところのものより価値あるのだから、わたしの書いたものを見なさい。そうすればわたしが見かけよりも優れていることがわかるのだから」といいます。第二段階になると、「わたしを愛しなさい、なぜならわたしはわたしが書いたものより価値あるのだから、わたしの新作を見なさい、わたしの書くべき作品だ、やがてあなたはわたしの新しい作品を見るだろう、なすべき作品を見るだろう」というようになります。その結果として、自我理想と理想自我は両者の間で相互統御の役割をもつことになります。理想自我が愛の運動のなかで、すべてをいいつくし、すべてを表したいと思うときに、それがブロックされていることに気づきます。このとき自我理想が介入して、エクリチュールという悪魔の形式を課します。自我理想がゆきすぎて、自分はもうよりよく自分を書くことができないという感情を書く主体にもたせると、こんどは理想自我がふたたび介入して、もういちどやり直させるようにと反作用します。エクリチュールはこのように進むのでしょう。

このように、ひどくおおざっぱに精神分析の概念でエクリチュールのメカニズムを説明したわけですが、わたしは別のやり方でもっと鮮烈に説明することもできたでしょう。つまりサルトルの用語による説明です。哲学者としてのサルトル、つまりフランス解放に続く時期のサルトルにとっては、ひとたび死んでしまえば、ひとは実在しない、ひとは他者によってしか実在しないものでした〔『存在と無』〕。〔…〕そして、ことばはそれでも、すでに実在するものなのです。〔初期〕サルトルにとって他人とは、あなたを客観的に突き刺すもの、あなたの主観性つまりあなたの自由をずっと無視するものだったとさえいえるでしょう。他人とは、わたしの主観性、わたしがあるところの主観を無視するもの、したがってわたしの自由を無視する者です。

ところでわたしは冒頭で、書くというのは分別ある行為ではないといいました。なぜなら書くとは、完全にすっかりと他者の視線、他者の読書に自分を晒すからです。書くとはより象徴的なものの自我理想の側、言語活動の側にあるわけです。そうすると、わたしが自分のエクリチュールによって書くときに、他者は客体的にわたしの主観性を固定し、わたしの自由を否定することになります。他者がわたしを死の位置に置くことになるのです。書くこと、書くのを引き受けること、書くと望むことは、死者のポジションをいくらか受け入れることにもなります。ですが当然のことながら、書く者はエクリチュールによって運命的に生み出されるこの死のポジションを受け入れることはできないし、少なくとも決定的に受け入れることはできません。

わたしが書くときに、軽いとるに足らないナルシシズムによって、わたしは一瞬その死のポジションを受け入れることができます。けれどもわたしは、ナルシシズムの記念碑であることを容認し続けるわけにはいきません。五分だけ、それが限界でしょう。

防腐保存しようとする記念碑があり、作家はそれを追い払おうと働きます。作品が書かれて、作家は死に、死にながらもいつでも主観性と自由の代補のなかで抗議し続けるでしょう。わたしはもっと生きていたいというわけです。ひとたびわたしが作品を書いてしまえば、そして刊行してしまえば、この作品についてはわたしは死んでいるのです。この作品のレベルでは、わたしは自分に自分で死を与えたのです。ですが、わたしはもっと生きたいわけですから、また即座にほかの作品を書き始めるよりほかに解決法はないのです（サンドの例のように）。そうしてわたしはもっと生きられるわけで、わたしは死の位置を乗り越えるでしょう。しかしながら、そのようにして成された作品は新たにまた凝固してしまい、ほんとうの死にいたるまでそれが繰り返されるのです。ほんとうの死、つまり肉体の死です。そのために、ひとびとは書くと決意し、書き、また書くのです。

最後を飾るにふさわしいバルトのこの信念に、宗教的なものへの心の動きが伴走していることは容易にうかがい知れる。へたなことばをつけ加えて、ひとつの美の完結に鏵を入れるよりも、バルトの前に、そしてバルトの後に走った者たちと視線を重ねながら全体を眺め直すとともに、この問いを未来にむけて開けたものとしたい。

本書のイントロダクションでも触れたクリステヴァは、バルト晩年の方向性をもっとも几帳面に受け継ぐ者のひとりである。

彼女は、記号学は象徴体系のゼロ度に関心を向けているけれども、「愛の状態」だけではなくて、そこに付随する陰鬱な「メランコリー」についても問わなければならないという（前掲書）。「愛」の感情に関わらないエクリチュールはないように、多少なりともメランコリックな想像力もないという意味である。メランコリー者は抑鬱のなかで「失象徴状態」にある。彼／彼女はことばを構築して発することができない。その主体が、絶望を免れて創造に向かうためには「意味に対する信頼」がなければならない、この転換点こそがクリステヴァの論のポイントなのである。突然の胸を裂くような悲痛な「断絶」は、主体の眼前の世界を一変する。それまで安定した象徴の体系に生きていた主体は、もはや表象の連鎖がひとつひとつ破綻しながら崩壊するのに直面するのである。だが自己の自己へと遡行しながら失われた〈故郷〉を再構築しようというナルシシズムの退行から、未来へと進みながら生きるには、「他者を認め」、「他者を赦す」ことが前提となる。他者を認めるとは、「意味への信頼」と同時のことである。つまり自分には大切でありながらも、けっしてことばによって他者に伝達できない、他者とつながらない想像的なイメージの世界を離れて、ふたたび象徴の世界に離陸することなのである。

このようなクリステヴァの「愛」のテーマは、バルトが語っていた他者との共ー感、つまりパッションの分割と共有を別の角度から見たときに現れるものである。エクリチュールがナルシスティックな動機から生まれるにしても、それは結果としてその欲望を満たすことはない。「断絶」から生まれた結果としての「作品」は、個人的な救済とは無関係なのである。たとえば十九世紀詩人のネルヴァルは『オーレリア』と同時に世を去って「作品」を成就した。このような例はいくらでもある。作品が作者を疎外する例である。作家の求める「彼方」はつねに約束の場であり、作家は流謫と放浪のなかで、その予感によって生きる。予感として、いちども存在しないものとして。フェルマンがいった、わたしたちの代わりに発狂するニーチェ、狂気であるがゆえに語る権利をもつといったアルトー、社会から排除されそうになる狂気の作家たちは、その烙印（マーク）そのものによって「司祭」となる。名づけ得ぬものを断念して、自己の過去が表象体系としての「思い出」に代わるときに、作家は司祭の身振りで共ー感、つまりナルシシズムを超えた愛を語る。

クリステヴァはそのような経験を「レヴォルト」と呼ぶ。そこにこめられた「抵抗」の意味を彼女は説明している。文学経験は、「すでに生じたことの単なる再記憶、単なる反復ではなくて、マラルメがいったような先行する未来」である。それというのも、あの悲痛な出来事、あれら苦痛の場に立ち戻ろうとしながら、作家のなかでは「過去の変形、過去の置き換え」が作用しているからであり、それが神経の急所ならば「心的地図の書き換え」さえ行われる。そこから、新たに自己、世界、他者、愛、死などを転覆させる欲望のエクリチュールが生まれる。このような意味でクリステヴァは、エクリチュールを抵抗、反復、想起、刷新、つまり「レヴォルト」と呼ぶのである（『レヴォルトの意味と無意味』Julia Kristeva, *Sens et non-sens de la révolte*, Fayard, 1996)。

バルトがとりわけ晩年に、共感であれ批判であれ、関心を寄せていたひとりはモーリス・ブランショだろう。サルトルやニーチェと違って、ブランショはいつも影のようにバルトの仕事のそばにあったといえる。ここではとくに、「かたち」と「場」の問題をブランショがどのようにとらえていたのかを、バルトが「講義」でもとりあげていたジュベールを例に考えてみたい。

ジュベールを引用しながら、作品をこれから書く者にとっては、具体的な内容ではなくて、場が重要なのだ、とバルトはいっていた。

ブランショが繰り返しさまざまに語り続けるテーマは、「ジュベールと空間」（『来るべき書物』）のなかにもやはり見出されるものであり、とりわけ絶対的な欠ー場にまで高められた文学空間がそこには点滅する。とはいえ、その批評はやはりそれでもジュベールの声への賛同《コーリュス》なのであり、ブランショが同書や他書で扱う作家たち、潜在的に扱うすべての作家たちの合唱でもある。

ある思想が肉体の死によって消滅されるかに思われるときに、なにが選択によって忘却から救われうるのだろうか。「書物」の形態をもたないままに、思想のかたちを残した特権的な対象がジュベールだとするならば、それはどこに残されるのだろうか。

生涯をかけて、書物が書かれるための可能な条件をまわりながら、この条件を求めながら「一冊も書物を書かなかった」作家が生き、考えた空間とはどのようなものだろうか。ブランショはいう。「断固たる決意」をもって書物を準備し、「書くことの源泉」でありかつ「局限すべきあの光」の場でジュベールが生きるその場とは、そこに到達すればもはや書物を書く必要もなくなってしまうような地点であると。

ジュベールが守る思考の、それも書くことをめぐる思考の空間は、そこに書きつけられるという予感によってかけがえのないものとなり、城となり、家となる。「私にはもはや表面がない」[*1]とある日ジュベールはいう。バルトが精神分析の用語でエクリチュールのメカニズムを説明していたように、書くとは十全に欲望を表現することではなくて、イメージとの接触のある空間でことばを紡ぐことにほかならない。ジュベールはこの欠如を守るために生きるのだが、生きることそのものが書くことと不可避的に結ばれたときに、つまり毎日毎日、日記のようにこの欠如の場をめぐる想念を書きつけるときに、来たるべきエクリチュールは、自己の人生が閉じられた一個のシステムとして彼の背後に現れるときにしか書かれることはない、作家はそれを書けない。なぜならジュベールは、ファンタスムとしての人生を生きているからである。このファンタスムは、それ自体を言語でつかまえようとしても、ファンタスムがファンタスムであるがゆえに、いつもエクリチュールの手を逃れ、イメージの領域に残り続ける。

知人たちに早く書物を著すようにうながされるジュベールは、「私が、私の球体をとりかこんでしまったとき」が書くときなのだと答える。「私の観念！　それらを住まわせる家を築くことは、私にはつらい仕事だ」。家、言語でしか築かれない、言語では築かれない家。

◇註

1　弁証法はいま流行らない。とりわけデリダの脱構築の流布以来、弁証法は悪でさえある。アクチュアリティのなかでも先述のとおり、坂本龍一が戦争対反戦争という自我と他我の闘い、メドゥーサの闘い（サルトル）を回避しながら《非戦》を唱えるときにもデコンストラクションの痕跡が認められる。

＊1　モーリス・ブランショ『来るべき書物』粟津則雄訳、未來社、一九七六年。この節におけるブランショおよびジュベールからの引用はすべて同氏の訳による。

8　かりそめの結論

以上のようにある年、ある冬、バルトが行った講義のイメージを追ってきた。それはただのひとつの冬でないことは、すでに読者も知っているはずである。

もはや、わたしのなかのバルトの声はここで途絶えるよりほかないのであるから、彼の死、そして小説をめぐる「謎」を自己の声で語らねばならないだろう。

七〇年代後半から、バルトは「形式」の問題に深く関心を寄せていた。断章だとか、小説だとかいったスタイルの問題よりも、むしろ「かたち」という概念そのものについての考えを深めていたようである。この「かたち」は、『恋愛のディスクール』ですでにいくらか展開されているものの、「かたち」の思想がひとつの中心概念として実現したのは、すでに見てきたように「《新生》講義」を舞台にしてのことだった。

「かたち」と「母への喪」と「バルトの死」がいったいどのような様相のもとに関連をもつのだろうか。この三つの問題の連関をつくるのは、「《新生》講義」と「《新生》ノート」のもうひとつの円環である。バルトの発言に惑わされて、「ロマネスク」なものの方へと流されてはいけないだろう。

もう一度、「《新生》ノート」を詳細に読んでみることにしたい。するとその一枚に、謎めいたことばを見つけるだろう。「《le Guide》の喪失」。《Guide》は不慣れなことを為すときに導いてくれる「指導者」（導師）であり「案内人」である。この一句の後には、セミコロンをはさんで《La Mère》とある。「母」がかけがえのないひとであったから大文字なのだろうか。それとも、個人を超えたなにかわたしたちに「共通の永遠の母」であるから大文字なのだろうか。たしかに問題のノートには「序——喪」と小見出しがつけられている。しかし「《le Guide》の喪失」の下には、生きる、動く、備給する、欲望する、ファンタスムをするといと書かれているのである。これらの用語はどこかで聞いたことがないだろうか。すべて講義の《序》で用いられていた語なのである。そして、それらのモチーフのいわば動因として「断絶」があることは繰り返し見てきた。「断絶」つまり「喪」の開幕である。またさらにその下には、《quête》（探求、研究）と項目があり、達成するには、いかなる力、いかなる形式、いかなるディスクール〔が必要か〕と書かれている。

他のノートもほぼ同様である。七九年八月二十二日十時のノートには、同じテーマについてより詳しいメモがあり、やはり生きる、動く、備給する、欲望すると書かれた後に、今度は小文字で「真の指導者の喪失、『母』」とある。ただしそれだけではなくてここには、イタリア語で「巨匠《マエストロ》と作者」と書かれている。さらに目を下にやると「プルースト」が横棒で消去され、「巨匠トルストイはプルーストの代わりとなるか」と書かれているのである。要するに、この講義の準備ノートでは「作品」の形式をめぐってためらいが見られる、そのためらいを綴ったのがノートにほかならないということである。

このようないい方は、けっして挑発的なものではない。講義のテーマそのものが「小説を書きたい者のシミュレーション」である以上、バルトが「小説」を書いたかどうかは問題とならないからである。この「小説」は、バルトが演じる誰かがこれから書くものであり、この誰かは作品のエクリチュールがとる「形式」だけはしっかりと頭に浮かべながら、まだ「内容」は構想中のはずであった。それならば、わたしたちが求めている「小説」は、講義のなかの主人公の未来にしかなく、この未来は永遠に先送りされながら、わたしたちの視界を逃れてゆくだろう。

いま問題にしていたノートにはまた、「(《母》なしの)《幼年》への《回帰》」と書き捨てられている。そして「巨匠トルストイはプルーストの代わりとなるか」のことばの傍らには、「七八年四月十五日の決断」と書かれているのだ。「えっ?」と思うほど肩すかしをかけられて転倒しそうになるかもしれないが、決断は形式の決断であり、それも講義のための準備のなかでこそ重要性をもつものなのである。

「《新生》ノート」には、ニーチェのテーマも見られるし、「暇」「不動」「隠遁」、そしてハイデガーの引用の指示まである。

このように述べてみると、読者は落胆するだろうか。だがここでは、「バルトは小説を書こうとしなかった」とも、「バルトは母への愛、その死の喪から、小説に向かったのではない」とも主張しているわけではないことに注意してほしい。

わたし自身、そのような事実は認めざるを得ないもののように思われる。しかしながら、作家の心のうちを知ることができるのは、書かれたテクストからでしかないのが実際だ。

バルトは「小説」を選択しただろう。それが個人の狭い円環を打破するような仕方で、時間を超えてパトスの連続性を構成するからである。この円環に刻まれた罅は、たとえばニーチェの語る、一回限りの経験であるキリストの十字架のようなものである。パトスは反復されない。読書によってパトスを自己固有化することはけっしてできない。そこで生じる諦念は、象徴の掟たるエクリチュールの前提でさえある。自己の欲望の源泉である創造的なものはけっしてそのままの姿で他者に伝達され得ない。表現・伝達には（言語などの）象徴の手段に訴えねばならない。象徴的なものは、元の創造的なものに制限を加える。だから読者はいつでも作家の欲望に出会い損ねる。作者と読者との、また読者たちの間での連続性を構成するものは、ただ分割されたパトスの断片、または「灰」からたち上る「声」に過ぎない。

そのような意味においてのみ、「小説」は普遍的な文学であるといえるだろう。バルトは喪から、小説へ、つまり小さな個人の経験の不可能から、普遍的な経験の可能性の方へと向かったのである。これには『テクストの快楽』の頃のバルトの享楽趣味からの、ひとつの諦念、あるいは改宗とさえ呼べるほど強い意味があるのかもしれない。エクリチュールがファンタスムそのものではないこと。書く準備のなかでファンタスムははかない炎を上げるにすぎないこと。こうしたすべてのなかで、一種の「中性」をバルトは求めるのである。だがそれは同時に、エクリチュールが、ディオニュソス的なものを媒介するアポロン的なものであることを認めることでもある。*1

バルトの書いた「小説」が「講義」であったことにいかなる不都合があろうか。前章までに見てきたように、そこには完璧な小説がある。そして、そこには『明るい部屋』に見られたような感情の吐息はいささかもない。それは聴講者を前にするという事実を考慮してさえ、バルトが「講義」で体験の一般化を実現したことを示すにほかならないだろう。

「講義」にはひとつの永遠の円環がある。「新生」のアイディアそのものが、ダンテ本人よりも、ミシュレよりも、実はニーチェに、無意識のニーチェに由来するのではないかという疑問がその円環を形成する。バルトのエクリチュールの前には、いつも「先行する未来」の影があり、クロノロジーを破壊するような時間性がある。この時間性は「場」が形成するものにほかならない。

少々長いがニーチェがペーター・ガストに宛てて書いた書簡を引用することにしよう。一八七九年九月、新生の一年半前に「断絶」のなかで書かれたものである。

> しかしいま完成したばかりの作品〔『漂泊者とその影』〕を考えて、いま感じている幸福の、このわずかな瞬間を、兄《けい》もまた僕と一緒にわけあってくれたまえ。僕は三十五歳の終わりにたっている。この時期は、千五百年来「人生の道半ば」と言われてきた。この時期にダンテはヴィジョンをみて、それを彼の詩の最初の言葉のなかで語っている。生涯の半ばに立っている僕はいますっかり「死に囲まれて」、いつ捕らえられるかもしれない。僕が悩んでいるような種類の苦しみの場合には、発作による突然の死を考えざるをえないのだ〔…〕。こうした点では、僕は僕自身がまるで高齢の老人のように感ぜられてしまうのだ。僕のライフワークをなしとげてしまったという点でも、やはりそう感ぜられる。優良な油が僕によって注がれたということ、僕は知っている、だれもそのことは忘れないだろう。結局、僕はこれまでに人生考察の実験を

やってきたわけなのだ。また多くのひとがその実験をやっていくことだろう。いまのいまにいたるまで僕の心が、間断なく堪えがたい苦しみによって、消沈させられてしまうようなことはなかった。ときには、僕の以前の生活全体におけるよりも、もっと明るく、もっと好意にみちた感じをもつことさえあるように思われたりするのだ。［…］

献身的な友人の手によって書き写され、自分で校閲した原稿を、ケムニッツに発送できないうちは、落ちついた気分になれないだろう。オーヴァーベク夫妻や妹のたっての勧めがあっても僕自身は兄のところにはいかぬだろう。いまは母や故郷のそばに、または幼年時代の思い出の近くにでかけていくほうが、僕には適当なように思われるといった状態だ。こうした一切のことを、なにかしら最後の取り消し難いことのようには考えないでもらいたい。病人というものは、先の見込みがたつかたたないかに応じて、自分の計画をつくったり、つくりかえたりすることができねばならないものなのだ。僕の夏のプログラムは実行された。［…］万事につけての禁断——ひとりの友もなく、交際もなく、一冊の書物さえ読むことができなかった。芸術は一切禁止、ベッド付きの小部屋、禁欲者の食事（とにかくこれは僕にとってよかった、夏じゅう胃病にはかからなかった次第！）。この禁断も、ただの一点を除けば、完全にまもられた。その一点とは、つまり——思索に耽ってしまうということであった。［…］それはとにかく、この冬のプログラムは——僕自身の保養、思索の休養——それは数年らい、もはや僕の関知せざるところなのだ。おそらくナウムブルクにいったら、日程をくんで、僕自身に休養を割り当てることだろう。しかしまず「補遺」だ（！）それから『漂泊者とその影』だ！

バルトの語っていたパトス（com-passion）は、周知のようにニーチェの重要概念のひとつである。ニーチェの「然り」は怯懦の法が支配する歴史の否定であり、その果ての価値を「立法者としての哲学者」は描いてみせる。このすべての価値の価値転換はまた、「生の肯定」でもある。「悲劇的」の意味をニーチェは「生への然り」と解釈する。ソクラテス＝プラトンからキリスト教へという世界史を支配してきた法のなかで、ニーチェが例外として認めるのがそれに先立つヘラクレイトス的な思考とその倒錯であるストア派の解釈である。つまりそれらの法は生と分離されていない。生の上位に哲学や道徳という価値をおくのではないということである。苦悩、罪、いかがわしいもの、奇異なもの、すべての生存に、留保なしに然りをいう肯定とニーチェはいっている。「生に対する究極の喜び」の表現、「溌剌とした肯定」である。

「すべての価値の価値転換」は、本書序などで触れたサルトルの「自由」のように、責任として課せられたものである。なにがこの責任を命じるのか。その声の起源は「自由」のなかにしかない。「自由」を実現したときに現れるものでしかない以上、それは未来の起源の声として円環を描く。そこにある責任と同じように、ニーチェの価値転換も、人間が自己の力で「定言命法」をそのつど導くような、果敢な挑戦である。「キリストの心をもったカエサル」であることが必要となる。因習を破壊した後で、新しい偶像にまたすがるのでは意味がない。価値転換は、「人類の自己自身への回帰という至高の行為」なのであるとニーチェは説明している（遺稿断章）。

ニーチェの「距離のパトス」（『道徳の系譜』）は、道徳の根源としての二重の価値をもつ。「距離のパトス」は、一方では「高山の空気」とつながる。ニーチェの系譜学的な説明は、貴族者が下層者（奴隷）と自らを区別して、自身を肯定しながら「よい」といい、そうでないものを「わるい」とする、これがよい／わるいの起源である。イギリスの合理主義的な「心理学者」を読みながら出されたこの見解は、「計算的なもの」（富で量られるなど）であると同時に、力あるものの卓越として評価の対象でもある。この「貴族的価値判断」は、やがて「誠実な者」が「よい」と見なされる精神的意味への転位によって没落する。立法者の位置には、（教会）僧職者階級が来るからである。ニーチェはこれを「不健康」のはじまりとする。なぜなら「利己的／非利己的」の道徳価値という「畜群本能」が登場するからである。

ニーチェが「同情」の道徳を否定するのは、それが生の後退であるのみならず、「多様性の否定」でもあるからだ。奴隷根性は、他なるものを認めずにルサンチマン（想像的な復讐）によって同類が集まり支配するといった事態を生じさせる。ニーチェの「同情」批判はここに集約されるといってもよいくらいだ。

だが、経験の反復ではなくて、経験の一回性と他者性を認めたときに、限界としての書くことと読むことが生まれるだろう。それが多様性の承認にほかならない。

永劫回帰の着想を得たときに、「私のなかには、私が悲劇的パトスと呼ぶあのずばぬけた肯定のパトスが最高度に宿っていた」とニーチェはいっている（『このひとを見よ』）。

またニーチェは、このパトスを文体の問題と類い稀なやり方で結びつけた者でもある。「パトスのひとつの内的緊張」を記号、および記号のテンポによって伝達しなければならないとニーチェはいっている。エクリチュールもまた生のリズムと切り離せないものなのである。

バルトは新生の生活組織における「趣味」の重要性を、ニーチェに言及しながら説明していた。彼が語る方法的生活は、ニーチェが批判した禁欲主義的生活に重なる部分もあるが、異なる部分も多い。バルトは修道生活を新生の理想としたわけではないが、禁欲主義をひとつのモデルとしていたことはたしかである。だがこの際の禁欲主義は、神の罰に応じた良心のやましさとは異なる「趣味」の問題であることを強調しておかなければならない。エピキュリアンの禁欲主義、つまり最大限の享楽を得るための方法的生活から生まれる喜びは、エクリチュールにもっぱら注がれることになるだろう。だが、エクリチュールの目的、つまり何のために誰のために書くのかという問いは依然残る。そして最後に、「愛のために書く」作家の力をバルトは信じていたことが明らかとなった。この愛と趣味、そしてエクリチュールの問題系には、やはり影のようにニーチェのかたちがとり憑いている。愛さないからといって、ただちに呪詛する要求過大な専制君主は、「悪趣味と思われる」と彼は書いている（『ツァラトゥストラ』手塚富雄訳、中央公論社）。「大きい愛」はただひとつあり得る無償の贈与であるかのように、「愛されることを求めない」。

一般に「昇華」と呼ばれるものは、自己の救済ではなくて、自己救済の代わりになにがしかの創造を求めることである。このなにかは「美」と呼ばれることが多いけれども、エクリチュールにおける諦念は、他者の赦しでもある。他者は、たとえば自己の運命でもある。だから「美」よりもこれは「愛」に関わる。たとえば、「悪人を愛する」ような絶対的「愛」である（ニーチェ『反キリスト者』）。

この赦しの分だけ、バルトがcom-passionと呼ぶもの（あるいはニーチェのMit-Leiden）は、「徳」とは別のなにかだろう。しかしまた、新しい徳の追求を同一情に見たのだから、バルトによるニーチェとの訣別、バルトによるニーチェがめざした超克《デパスマン》とのアデュがあるだろう。もちろん、バルトがニーチェを克服したと標榜することなど、ここでは問題とならない。バルトが別の次元《オルドル》に従おうとした跡が見られるだけである。バルトは、《生》がエクリチュールとは別にあることを自身の老いと母の喪のなかで認識した。そこから「小説」の発想が生まれる。その前提となるのが、まさにその「老い」にほかならないことをバルトは経験によって明らかにしようとしたのである。

したがって、この「アナーキスト」は単に「破壊者」であったのではない。種子としてのエクリチュールを残すからである。バルトは「人間ども」として死んだ。ニーチェが「苦痛に対する、まったく些細な苦痛に対してすらの恐怖」と呼ぶものを抱えながら、これをエクリチュールのなかの「愛の宗教」とすることで人生を終えたのである。

「フランス南西部八月の盛暑の十七日間」に書かれたという『テクストの快楽』で、バルトは書くことと読むことへの愛を語っていた。この愛は通常「文学」と呼ばれる。バルトは「テクスト」の語によりふたつの大きな業を成した。「これの価値……」と作者や読者が繰り返し自問するような文学に由来する懐疑と愛の間でのためらい。バルトは、言語活動と社会構造の関係を明瞭に整理した上で、この整理を「文学的に表現する」ことに成功した。語（ラング）の構造的な「戯れ」[*2]により社会（権力）の裏をかきつづける永遠革新の運動をエクリチュールとバルトは呼んだのである。そうすることで、文学に対する社会の不信を事実確認した上で、さらに「それでもなお」と書くことへの信、つまり書くことが社会とつながっているとの確信を得る。これより最期までバルトの「賭け」が始まるだろう。[*3]

パトスとは、おそらく「聴く」（経験としての受苦を感じる）ことにあるのだろう。

バルトはこのような意味での「小説」を「講義」で実現したのである。ある意味で、バルトが周囲に語っていた「ロマネスクな小説《ロマン》」の企図は講義でしか実現されえなかった。語りのなかにこそ、象徴の掟に抵抗する「声」があるからだ。想像的なものは「声」のなかに点滅する。ファンタスムがその語源のなかに、空気に流され去るちょっとした波長の「現れ」を含んでいるように、それはけっして見えない。声のなかに亡霊のように聴かれるだけなのである。それは見られたものの痕跡である。

バルトが最終的に実現したのは、記録資料としての声を小説としての声としたことだろう。それが成功したのか、失敗したのか。それは読者ひとりひとりの判断に委ねるほかない。

デリダのいう意味での「遺産相続者」といえば、バルトはけっして幸福な相続者にめぐりあわなかったのかもしれない。誰もバルトを悪魔祓いしようとしない。それだけにバルトは無害なものとして映る。だがバルトを凝固した「記念碑」とする善良な相続者たちにもイデオロギーは働くもので、不幸なことにこのイデオロギーは文学の場以外での「近さ」に由来するもののように思われる。「近さ」は幻惑する。

バルトが「小説を書く」と口にしていたのを聞いた者たちは、この幻影に惑わされて、遠くからの声を聴こうとしない。かなりの地点まで、バルトの「ヴィタ・ノヴァ」という名の小説執筆の構想を否定しながらも、友人、弟子や生徒たちはいつも最後でバルトの幻影に届する。ミシェル・コタン（「ル・モンド」一九九五年十一月二十四日）もそうであるし、コマンの『ロラン・バルト――中性の方へ』もそうである。バルトの遠くにいるはずのダイアナ・ナイトによる一連のエッセイでさえ、この磁場を逃れきれない。

バルトの顔をともなった声は幻惑し、『全集』で活字となった草稿ノートは乾きでしかない。残余は、顔を失った亡霊的な「声」のなかにしかないだろう。

活字となったテクスト類に依存することには、このような小さな書物のひとつも書けないのは真実にしても、バルトのさまざまなテクストと、彼の愛したさまざまな作家たちのテクストが交差するような声の場のなかでその声を聴くことを、以上の七つの章で試みてきた。それがいくらか「乾いたもの」になることは避けようもないことであろう。

註

＊1　ニーチェ『悲劇の誕生』を参照。

＊2　ラングの「構造的な戯れ」は、ソシュールの構造主義的言語学の概念であるが、これを解説するのは本書の意図を超えている。拙論「シュポール／シュルファス」(『ポリロゴス2』冬弓舎、二〇〇〇年)、またより積極的に推薦できる入門書として、丸山圭三郎『ソシュールを読む』(岩波書店、一九八三年)を参考のため挙げておく。

＊3　バルトのエクリチュールの構造的特性については、次の一文に要約される。「バルトは断章間のシンタックスをマスクしながら、このマスクが見えるように整理する」。(Armine Kitub Mortimer, «Le manuscrit du *Plaisir du texte* de Roland Barthes et l'ordre de l'écriture», *Genesis*, n°9, 1996, p.106)

フラッシュバック

i 言語と社会

就任講義──一九七七年

序で見たように、コレージュは不純な人物を招いてしまったとバルトはいっていた。自分の仕事につきまとういかがわしさは率直に彼自身が認める本音であろうが、なにしろバルト本人がコレージュへの異動を願っていたのだから、これはもちろん儀礼的な謙譲のふるまいである。就任講義のプロトコルに沿って、バルトはコレージュの先任者たちに敬意を表する。[*1] ミシュレ、ヴァレリー、メルロ＝ポンティ、バンヴェニストらの名が挙げられる。バルトの事実上の処女作が『ミシュレ』であったことからも分かるように、この名は単なる儀礼以上のものであり、心からの「よろこび」[*2] から挙げられたのだろう。バルトは、自分がコレージュに迎え入れられたことは「名誉」である以上に「よろこび」であるといっている。偏愛する歴史家について書いた『ミシュレ』と同じ「永遠の作家叢書」に『彼自身によるロラン・バルト』が収められた一九七五年にもまさる欣喜が、心のうちにあったに違いない。知とエクリチュールは一体であり、「エクリチュールの力」を教えてくれたのはミシュレであったと付言されている。

それでもなおいっそう深いよろこびがあるとバルトはいう。それは「厳密な意味で権力の外にあるといえる場に入るよろこび」である。「ここでの教授は探究と話すこと以外の活動をもちません、自己の研究を高みで夢見ることもあえて加えておきましょう」[*3]。これは、ただ疲弊した文学部[*4]での苦役からの解放だけを意味するわけではない。「高み」は象牙の塔と揶揄される制度的な特権ではなくて、生涯を通じて、また晩年に再読していたニーチェの意味での自由な空気と解釈すべきだろう。この自由を得たいま、ロラン・バルトが取りかかるのは、繰り返し方々で指摘してきた「言語の政治」を、〈まなざし〉から〈声〉に変えること、つまり言語の政治性を解体するような実践である。いかに自由な制度機関であったとしても、話すことそのものにはつねに権力関係が潜んでいる。「ひとがどんなディスクールを行おうとも、そこには隠れた権力（征服のリビドー）があるのです」とバルトは問いを提起する。

このトーンの変調により、就任のよろこびは「言語の政治」からの解放をいかに行うか、暴力とは異なる授業をいかに実践するかとの「責任をともなった」ものとなる。コレージュ・ド・フランスはそのような試みの実験場となる。

バルトの「言語の政治」に対する見解は一貫している。あらゆる機会をとらえては、知識人たちに（大文字で単独の）「権力」と闘うようにとの要求がある。だが、とバルトはいう。「われわれのほんとうの戦争はほかにあるのです、それは大きくなくても諸々に散在する権力に対する闘いです」と。この大から小までの諸権力は言語活動のうちに書き込まれる。つまり主張や表現、支配の確立がことばによって行われるのが人間社会の特質なのである。たとえば学校、教室での教える者と学ぶ者の言語交換のなかにある暴力や、学界やメディアの言説が特定のディスクールを神聖化する作用など、言語活動の象徴的ダイナミクスを分析するのはブルデューの社会学流の問いである。またそれは、フーコーがディスクールという名で呼ぶものに含まれる歴史の立場からの政治性の問いと表裏の関係にある。*5

この言語活動の問いを一次的地平におくと、高次にはラングの問いがある。なぜならば言語活動は、日本語や英語、フランス語などの特定の言語（国語）によってしか果たされないからであり、ひとつのラングは言語活動そのものを支配しているからだ。日本語には日本語特有の言い回しや単語、文法などがあり、発話者はそこから選択し、そのコードに則ったかたちでしか言表を行えない。

だから、知識人の使命は「言語の政治」の地平で闘うことだとバルトはいうのである。たとえば聞き従う者と語り命令する者というかたちで、必然と支配関係を生み出す言語活動は、言語《ラング》から汲み出すようにしてしか自己実現できない運命を課されている。

バルトの声を聴いてみよう。

> 言語活動は法令の施行であり、言語はそのコードであります。わたしたちは言語のなかにある権力を見ません。言語とは格付けであること、そしてあらゆる格付けは圧制的であることを忘れているのです。ラテン語の《*ordo*》は、配分と強迫を同時に意味します。ひとつの特有語法《イディオム》はそれが表現するものよりもそれが表現するようにと強いるものによって定義される

とは、ヤコブソンの示したところです。話がすこし逸れますけれども、フランス語を話すとき、わたしは行為を言表する前に、まず主語として自らを立てるようにと強制されます。すると行為はもはやわたしの属詞でしかなくなります。わたしが行うことはわたしがあるところのものの結果と連鎖でしかないわけです。［…］話すこと、いわんやディスクール[*6]を行うことは、コミュニケーションをすることではありません、この常套句はいつも繰り返されますけれども、ほんとうは話すことは服従させることなのです。(«Leçon», o.c., tome 3, p.803)

この「話がすこし逸れますけれども」という転調は素朴なものではない。言語活動が法を立てたり（オースティンが遂行的と呼んだような家父長的な発話行為——「わたしはこの船をエリザベス号と命名する」）、言語活動が法によって禁止したりするのとは別に、そもそもそうした掟の言語活動が従うべきコードがある。これは命名者が船のオーナーでなければならないというような社会コンテクストの話ではなくて、言語に内在する特性によって心ならずも従わなければことばが意味をなさないような法である。この言語活動の次元と言語《ラング》の次元を結びつけるようにと、バルトはわたしたちを誘っているのである。ラングと闘い、その普遍性の要求をはぐらかすのも、また言語活動によってしか果たされない。つまり言語の内部でのことなのである。

人間は掟を命ずる言語によって統御されている。他者を服従させない力が「自由」であるとすると、人間の言語活動には外部がない。つまり、自由が足りない。それでもなお自由があるとすれば、それは神話的単独性（la singularité mythique）による「不可能なこと」の実践であるとバルトはいう。たとえば、キルケゴールの描くアブラハムのイサク奉献は掟（神）と愛（人間）の狭間でパラドクスに囚われた信仰者による不可能な行為である。すべてのことばを欠いた未曾有の行為、論理では説明できない行為である。バルトはこれをニーチェの「アーメン」に比較している。つまり留保なしの肯定である。そして、アブラハムのような固い信仰も、ニーチェのような超人性ももたないわたしたちに残されているのは、「言語活動の永久革命」の華美のなかで権力外のことばを聴取する実践でしかないと結論する。これを「文学と呼ぶのです」と。

言語《ラング》は、すべての権力の源泉であるばかりでなく、言語そのものの暴力がまたあり、これは「空間では散在」、「時間では永遠の持続」と執拗なものである。ところで、言語もまた、日々の言語活動の堆積からしか形成されない。たとえば最近の日本語の「ら抜きことば」の一般化のように、言語活動の実践そのものがシステムとしてのラングに変容を迫ることもある。だから、たとえば書かれたり話されたりして現象となる「テクスト」を相手に、ラングの専制を攪乱するような言語実践を行うことが必要だとバルトはいうのである。綿密な分析により、テクストやディスクールに潜む言語の政治性やイデオロギーを暴き出すこと、権力のコードの分解を試みること、こうしたことが本来の文筆家の仕事だというわけだ。それはデモや煽動、アピールよりも、より根源的な闘いなのかもしれない。

「文学のうちにある自由の力」とは、市民としての作家、「作家による政治的アンガージュマン」などに依存するものではない、そうした人物は結局のところ「ひとりのムッシュー」に過ぎないとされる。だがまたこの自由は、作家の作品がもつ教条的内容にもあずかり知らないことであって、「作家が言語《ラング》に対して実行する置き換えの仕事」だけが自由のエネルギーをもたらす、とバルトは主張する。

そこから彼がコレージュ・ド・フランスでまず手をつけるのは、「形式の責任性」ということになる。

フーコーの影

バルトのこのようなスタンスは、『ゼロ度のエクリチュール』以来、根幹は変わらないものである。またディスクールの概念も、バンヴェニストの影響により六〇年代に練られたものである。それでもあえてここに、ミシェル・フーコーの影と添うバルトを指摘することもできるだろう。フーコーの《声》とともに語るバルトは、推薦者への単なる儀礼に留まらぬ根本的な微細なものへの視線を共有しているように思われるのだ。

フーコーは彼自身の就任講義の冒頭を、ためらいを交えて次のように始めている。

> わたしの背後にひとつの声があればよかったでしょう。ずっと前から発言していて、わたしがこれから語ることすべてをあらかじめ追い越してゆくような声です。その声はこんなふうに語ってくれることでしょう。「続けたまえ。わたしはもう続けられない。続けなければならない。語るべきことがあるかぎり、ことばを続けなければならない。そのことばが見つかるまで語らなければ、そのことばがわたしに語りかけるまで語らなければならない――いかに奇妙な罰、奇妙な罪であっても続けなければならない。それはたぶんすでに続けられている。ことばはすでにわたしに語りかけている。たぶんわたしの物語〔歴史〕の敷居のところまでわたしを運ん

でいる。わたしの物語の門前まで運んでいる。もし門が開かれたなら、わたしは驚くだろう。（＊5を参照）

この《声》は歴史のなかで経験としては瞑目し、ただ書物の間からだけささやきかける声のことであろうか。それとも、正確なことばを見つけるようにと命ずるフランス語（特有言語）のシステムのこと、フランス語の文法のなかで文を構成しなさいと強制するシステムのことであろうか。語ろうとすることはすでに語られている。何百年、何千年とひとつの言語のなかで、ことばは発せられ、繰り返される。現在の言語システムはそうした発話を支え、また発話たちを幽霊のように貯蔵している。だから、言語か言表かというこのような二者択一は成り立たない。

フーコーは、ディスクール（演説）を始めること、そのなかに入ることにためらっている。「欲望」はディスクールの閉鎖空間とは別の開かれた空間で始めたいといい、「制度」は「ディスクールは諸法の秩序のなかにあると思い起こさせるために、われわれはお前とともにある、お前は恐れることない」という、と。

フーコーによるディスクールの問題設定のなかでは、バルトがソシオレクトという語で意味していた内容よりも広い対象が扱われて、人文学や科学の書物・言説から、行政書類、陳述書、病院の書類、司法文書などを含み、一時代の知（エピステーメー）を相手にするものであった。またフーコーは、『言葉と物』『狂気の歴史』『性の歴史』といった一連の著作で、具体的なテーマに沿った広大な実証的分析を行っている。これはバルトに欠けているものである。バルトはこの欠如を経験（生）のシミュレーションとして、文学の可能性を探る晩年の講義で埋めることになった。言語活動とディスクールという用語の違いはあるものの、しかしながら両者は言語的交換における暴力との闘いという点で一致している。

歴史が教えるところによれば、ディスクールは単に闘争や支配システムを表現〔翻訳〕するものに過ぎぬというわけではありません。ディスクールとは、これのために、またこれによって、ひとびとが闘争するもののことであり、ひとびとが奪取しようとする権力のことなのです。

(*ibid.*, p.12)

語ることの不自由という点では、バルトとフーコーの見解は一致している。いってみれば、これは政治的な面での共通の立場であり、ひとつの定立である。また別のレベル、つまり闘うべき対象を見定める理論的なレベルでは、両者に微妙な（けれども重要な）ズレがある。

バルトが言語は「語るようにと強制する」点でファシストであるというときに、フーコーとの相違がいくらか明らかになる。バルトがラングというシステムの有限性（その暴力性と可能性）に焦点を合わすのに対して、フーコーは社会というシステムに焦点を合わせて「禁止」を問題にするのだ。

たとえばフランス社会のような一社会のなかで、わたしたちは排除のプロセスに出会います。もっとも明白で、なじみ深くもあるのは禁止です。ご存じのように、われわれはあらゆることを語る権利はもっていません。どんな状況で、どんなことを、どんな人物であっても話してよいというわけではありません。ようするになんでも話せるというのではない。対象のタブー、状況の儀礼、話す主体の特権的かつ独占的な権利などがあるのです。[*7]（ibid., p.11）

この引用には、発話の状況を監視する掟が社会によって捏造された制度にあるというフーコーの考えが表れている。より正確にいうならば、ディスクールには「真理」という絶対的価値の追究がいわば普遍的な形でつきまとい、この追究の過程でさまざまなかたちの「知」が時代ごとに出現し、この「知」がディスクールを支配する、そしてその「知」は普遍ではないというべきだろう。しかしながらフーコーの問題はここでは脇においておいて、バルトとの関連についてのみ述べることにしよう。バルトはごく早い時期（一九六四年）に次のようにいっている。

言語活動はけっして弁証法的な能力ではない。それはかたちをつくることはできない。ただ組み合わせることができるだけである。最初に「はい」と言って、それから「いいえ」と言うことはできるが、同時に「はい」と「いいえ」を言うことはできない。ふつうわれわれがユートピアという語に与えている意味においては、言語活動の実践は存在しないし、したがって対話の実践というものも存在しない。しかしながら、依然として在りうること、試しうることがある。それは、言葉の最後の意味がかつて一度もなかったようにそれを受けとる人にゆだねられるような、そんな言葉の見せ物を複数の人々が加わってつくることである。（下澤和義訳「三つの断章」『ユリイカ』一九九六年六月号、特集「ロラン・バルト」)

バルトは言語《ラング》そのものがシステマティックに発話を制限し、禁止し、また可能にすることを問題にしているのである。

繰り返して、一九五三年の著作『ゼロ度のエクリチュール』のバルトを思い出してみよう。エクリチュールは、文体とラングの間に位置するもの。「エクリチュール」は歴史的、階級的な力によって形成されるもの。それが凝固すると「エクリチュール」自体が自らの社会的要素やジャンルなどを指し示すものとなる。このような発想から、有名な「白いエクリチュール」の概念が導かれるのである。カミュの『異邦人』はけしからぬ小説だといわれる。なぜならば「小説」であるにもかかわらず「三人称単数単純過去形」を使用しないからだと。フランス語小説の特徴であるモード(日本語でいえば「今は昔、竹取の翁といふ者ありけり」のようなもの)を使わずに、批評やエッセイ、口語の複合過去(「……いた」)を使っているから、これは形の面からは小説とはいえないと批判する者がいたのである。無徴、中性、つまり「ゼロ度」である。

約十年後の「記号学の原理」では、エクリチュールは個人言語《イディオレクト》に準ずるものとされる。個人言語とは個人に固有の言語習慣を意味する言語学の用語である。『ゼロ度のエクリチュール』で分析されたエクリチュールの社会性は、単なる個人の「文体」に還元されてしまったのだろうか。この頃のバルトは、「イディオレクト」を一般にいわれる「社会方言《ソシオレクト》」に近い意味で解釈していたように思われる。通常いわれるソシオレクトは、たとえば『レ・ミゼラブル』の「アルゴ(隠語)」(第四部第七編)の記述のように、社会階層を画然と分けるものである。（「Pigritia〈怠惰〉とは恐るべき言葉である。［…］かくして怠惰は母である」――豊島与志雄訳、岩波文庫）。バルトは「社会方言」と「個人言語」を習慣的な癖、つまり「趣味」と規範があいなかばして形成されるものと考えていたようである。*8

最後にバルトは、「エクリチュール」を自動詞としての「書く」（なにかを書くのではなくて、書くことを目的として書く）の名詞形として、「文筆《エクリヴァンス》」に対立させる。ときには、病的な道化的行為として揶揄するようにも用いている。しかし、もとの「エクリチュール」の概念も並行して用いられ、この語は二重の意味をもつようになる。時間の流れに逆らい、生を書かれたことばに刻み込むものとして、言語と経験との問題系が重なる（「シャトーブリアン――『ランセの生涯』」での、「思い出はエクリチュールの端緒であり、エクリチュールはと言えば死の始まりなのである」）。

いわれたこととして消え去り、記憶に固定する言表と、思考の過程にほかならない言表行為との区別は、書かれたものと書くことの区別にもある程度は有効なことも認めなければならないだろう。書くという行為、エクリチュールは、作品という目的に直線的に進むよりは、なにについて書いているのかも知らないままに彷徨うようなものである。

ロブ＝グリエが数年前に東京で行った講演で、彼は二種類の小説があり、それは二種類の書き出しによってマークされると語っていた。書き出しは、その後語られる物語における「世界と作者」または「作中人物と世界」の関係の表明なのである。たとえば、バルザックが単純過去である人物が何年に生まれたと始めるときに、この単純過去はその人物がすでに死んでいることを示唆しているとロブ＝グリエはいう。物語世界はすでに構築されていて、作者は世界を知り尽くしているかのような印象を受けるのである。この歴史的過去形が神の時制だとするならば、『異邦人』の「昨日のことだったろうか、ママンが死んだ」という語りだしは、出来事が歴史ではなくて「いま」であることを告げている。

ロブ＝グリエのこの講演のなかで興味深いのは、彼が「ヌーヴェル・オートビオグラフィ」と呼ぶ、「自分は知らないから、話すのである」という「自分自身に対する闘い」であるようなエクリチュールである。

Sauf Barthes

何度もバルトの経験した不幸に言及してきたが、その最たる原因はバルトを肯定し、神聖なものとし、それを口実に「テクスト主義」を標榜する者があふれたことだろう。テキストの「キ」を「ク」に替えるだけで思想が得られるなら、それほど容易なことはない。テクストは、別に高尚な文書を意味するわけではない。むしろ、文学や新聞、語学教科書の文例、辞書の説明、三面記事、広告ポスターなどさまざまな対象を中性化しながら、同一平面上での分析を可能とするのが「テクスト」なのである。それらは読む対象となる。ショーペンハウアーは、学者の読書と思想家の読書を区別しているが、まさにこのように知識を得るためではなく、考えるべく与えられる対象がテクストだといえるだろう。

たしかに『テクストの快楽』を表面上読めば（デノタティヴに読めば）、作者の意図やメッセージの伝達を無効にするような読者の主権の宣言のようにも受け止められる。だが、バルトの「快楽」や「文献学批判」はすでに見てきたように、ニーチェのような趣味からの生の肯定の美学として読まれなくてはならないだろう。

なぜ「快楽」の語を使用し始めたのか、との「マガジーヌ・リテレール」誌の問いに、バルトは次のように答えている。

この語は一種の戦術的なものとして現れます。現代の知的言語はあまりにも安易に道学者の至上命令に服従しています。そこからあらゆる享楽の概念が消えてゆこうとしています。いわば反動的に、わたしはこの語を導入したのです。(o.c., tome 3, p.315)

文学の場

ルクレティウスは万物の生成の原子が、火や水または四元素、あるいは同質素などであるのではなくて、それが多様であらねばならないことを、ことば(アルファベット)を例に説明している。ルクレティウスが強調するのは、「同じ原子が如何なる原子と、如何なる状態で結合されるか、相互に如何なる運動を与え合い、かつ受け合うか」という点である。元素とアルファベットの意味があるラテン語の「エレメントゥム」をかけて、「同じ原子の間でも、相互にちょっと変えただけで、火(イーグニス)が生じたり、また木(リーグヌム)が生じたりする」ことは理解できるだろうと表現している(『物の本質について』樋口勝彦訳、岩波文庫)。この比喩の直前の節(一巻九〇〇)のフランス語訳をそのまま日本語にすると次のようになる。「輝き続ける火の環はどこに開くのか。[…]木が火を含んでいると考えてはならない。木は不燃性の原子を閉じこめているだけで、それが木々の摩擦によって蓄えられて森林の火事を起こすのだ」。

ルクレティウスは、ここで言語の話をしているわけではないが、この比喩は文学の理解にも役立つだろう。

バルトが『テクストの快楽』や開講講義で語っていた、語ることとの不自由は、制度的・法的な不自由さであり、主体ないし経験の単独性と差異を消さないかたちでいかに多様性を構築するかという問いがそこから生まれる。この多様性の、ほとんど唯一可能な場がバルトにとっては、いまのところ文学や芸術と呼ばれる領域なのである。ルクレティウスの多様な原子の接触は、語の無限の組み合わせが可能にする「趣味」の表現の場でもあるだろうし、炎を発する接触は作品に不可欠な読者の瞳でもある。

> わたしが文学というときに意味しているのは、作品群の集成や行列のことでも、また商業や教育上の一部門のことでもありません。文学という語で、ひとつの実践のさまざまな痕跡から成る複雑な書跡《グラフ》を指しているのです。そこでわたしはなによりもテクストを標的とすることになります。テクストとは、つまり作品を構築するシニフィアンの織物です。テクストを標的にするのは、それが言語《ラング》の露頭する瞬間だからです。そして言語《ラング》が攻められて足を踏み外すのは

言語《ラング》の内部においてでしかないのですから、テクストが対象となるのです。(«Leçon», o.c., tome 3, p.804)

ロラン・バルトがアナーキストであるというのは、たぶんほんとうだろう。『読書の快楽』で自身が表明していることである。狭い批評理論の枠組みのなかであれこれと語っていると、テクストに含まれる理念の重要性が薄められ、霧のように夢のように散ってしまうことがある。

バルトは、「さまざまな欲望があるだけ、それに対応した同じだけの言語活動をもたなければならない」と語っていた。「欲望の真実にそって語ること」、だが社会はまだ欲望の数々を認めようとしないだろう。するとこれはひとつのユートピア的な提案に違いない。バルト自身がそういっているのである。「いかなる言語であろうと他の言語を抑圧しないものはない」ことを知りながら、「来るべき主体は抑圧なしに言語活動のふたつの審級を自由にもつ享楽をもつ」ようにと願うことは滑稽であろうか。ソンタグは、「テロリストであるか、さもなくばエゴイストであるか」とバルトが自己に問うていたと書いた。それが生きるための条件だとバルトは考えていたようである。だから、「講義」での新生の組織がエゴイストである分だけ、『テクストの快楽』のバルトはテロリストであったということもあり得る。

バルトは断章が、旧修辞法の掟を破砕すると信じていた。「断章は何度もの開始があるから好きだ」とバルトはいっていた(「形式がもつイデオロギー、あるいは反イデオロギーの視点から見ると、断章の体系化に含意されているのは、断章が、わたしがナップと呼ぶもの、つまり語る内容に最終的な意味を与えようとの思いから構築される論述、ディスクールを破砕するということ」)。

ある意味それはアナーキーなエクリチュールということですね、というインタビュアーに、「そのようであれば有頂天になるところですが、《アナーキズム》がこの断章システムのシニフィエになってはいけません」と答えている。凝固しない、目的とならない、つねに浮遊的であるようなエクリチュールをバルトは望んでいたのである。

バルトの思想におけるサルトルの位置というのは、表層的な理解や文学史的な注釈からは見失われてしまうような深いものだったのだろう。文字のひとつとバルトのデビュー作と呼んでもいい『ゼロ度のエクリチュール』は、ある特定のやり方でのサルトルの『文学とは何か』への応答であったし、彼の最後の著作となった『明るい部屋』はやはりサルトルの『想像的なもの』に捧げられている。円環は閉じた。バルトにおける政治的なものとは、ひとつにはコノテーションの問題である。どのような文章、発言、メディアや広告のメッセージ、いってみればすべての象徴的なもの、つまり「現実」と呼ばれるわたしたちの認識や感覚の及ばない世界ではなくて、人間が人間として生きる社会のあらゆるモノやコトは、メッセージとして働く。そのメッセージは、それを残した者(一般に送り手と呼ばれる)の「意図」が仮にあるとするならば、その人間の「無意識」をも同時に含んでいる。明示的な意味(百科事典)の陰でコノテーションはイデオロギーを伝える。もうひとつ、ディスクールの問題(第二世代の記号学)に本格的に取り組み始めたときに、バルトは文学の歴史的規定を語った『ゼロ度のエクリチュール』の世界から、あらゆるディスクールの権力を問題とすることばの政治学へと移行することになった。

だが、サルトルへの想いはまた回帰する。「マガジーヌ・リテレール」誌のインタビューに答えて、『想像力の問題』を含むサルトルの初期の文書に立ち戻って考えるのは、かなり面白そうな仕事です」とバルトは語っている。

バルトは言語の問題を解明することのみが、人間・社会の問題を全体的に解明できると信じていたのである。中世の大学で他の自由学科の上に立つ「神学」のようなものである。

一九七五年の同じインタビューで、「科学に対するあなたのスタンスは、サルトルに似ていませんか。サルトルは科学から距離をとっていたひとでした」という質問が出される。

戦後、わたしがものを書き始めたときに、前衛《アヴァンギャルド》といえばサルトルのことでした。サルトルとの出会いは、わたしにとって重大なことでした。熱狂とはいいませんが（熱狂とはばかげたことばです）、エッセイストとしてのサルトルの文章にわたしは影響され、興奮させられ、燃え上がらせられたとさえいえます。サルトルはエッセイの新しい言語を創出しましたし、それに感動を覚えました。それはそうとして、科学に対するサルトルの不信は初期のひとつの現象学的哲学の地平、つまり実存的主体の哲学から由来するものです。わたしはといえば、少なくともいま現在は精神分析のことばに糧を得ています。

――でも精神分析もまた主体の哲学といえるのでは？

もう一度いいますけれども、だからこそサルトル主義が再検討されなければならないのであって、いってみればもう一度（チョムスキーの意味で）書き換えられなければならないのです。（o.c.

tome 3, p.320)

このサルトル主義の書き換えが、ニーチェ的な「趣味」の角度から行われたのが、責任であり、自由であるような「生」なのではないだろうか。

註

＊1　それに先だって表明された近親の者、恩師たちにささげられた感謝の辞は、ことごとく刊行版から削除されている。

＊2　「よろこび」の原語は「快楽」と同じ《le plaisir》であり、本書後半で見たように『テクストの快楽』以降、この語と「享楽」の区別にバルトは非常に敏感であった。

＊3　«Leçon», o.c., p.802.

＊4　現在のフランスでは厳密な意味での「学部」はない。バルトが直前に所属していたのはＥＨＥＳＳ（社会科学高等研究院―旧オート・ゼチュード第六部門）超域分野研究所（ＣＥＴＳＡＳ、後にＣＥＴＳＡＨと改称）。

＊5　「ディスクールは、性を武装解除したり政治を平和にするような透明なエレメントというにはほど遠いものかのようです。ディスクールとは性や政治の問題が特権的なやり方で恐るべき権勢をふるう場のひとつであるかのようです」。(Michel Foucault, *L'ordre du discours*, Gallimard, 1971, p.11、邦訳『言説表現の秩序』中村雄二郎訳、河出書房新社、一九八一年)

＊6　「ディスクール」は一般的には「演説」。「あちらこちらに走る」《dis-cours》など、バルトによる理解については『恋愛のディスクール』を参照。

＊7　フーコーの「ディスクール」とバルトの「テクスト」の対照は、同書の五一、五五頁（「考古学」の方法）

に明瞭に見られる。

＊8　バルトが「テクスト」と呼んだ平板な地平には、新聞、雑誌、小説、学術書など、通常のジャンルが異種とするものが一括しておかれる。バルトが当初「エクリチュール」という語で考えていたものが、一種の「社会的文体」であったことは、当初この語が「表現体」と訳されていた事情からもうかがい知れる。

文学の世界でいう「文体」とは、作家個人に固有のもので、一種の身体性を持つイデオレクト（マルティネの意味での）であり、そこには彼の人格、性格や気質などの生理的な諸特徴が含意される。この狭義の「文体」に対して、「社会的な文体」がある。「社会的な文体」とは、選択の余地は個人に残されているものの、社会的な慣習からできた文章法のいくつかの規範であり、社会から課せられるものである。日本語では、口語体と文語体に始まり、説話体／論説体、丁寧体／普通体、美文体／簡潔体、かつてなら雅文体／俗文体などなど、五つの文字体系をもつ文章法の歴史は、この「社会的文体」の選択項目を豊かで複雑なものとした。「個人的文体」、つまり狭義の文体に表れるのが、個人の生理的特質であるならば、「社会的文体」から読みとれるのは、時代の歴史性とその選択におけるイデオロギーである。

ii

断絶

rupture et *vita nova*

「単独的な友愛（l'amitié）。バルトは一度も『友愛』といわなかったし、それを概念化することもなかった。また『わたしの友』ともいわなかった。バルトは友人を所有にすることはなかった。『ある友人』とさえもいわない。バルトはつねに『友人たち』といいながら、歓待の織物またはネットワークを指示し、攻撃性の不在が保証されるような一連の場を指示していたのである」

――F・ヴァール

「しかしながら、作品を仕上げたときに自分が制作したものを眺めてみれば、それが運動も時間ももたないことに彼は気づく。彼の絵画のなかでは、時計の針はまわらないのである」

――エッシャー

「シャトーブリアン――『ランセの生涯』」（一九六五年）は、数あるバルトのエッセイのなかでも傑作に数えられるひとつである。個人的な趣味も込めていうと、バルトのエクリチュールのなかでももっとも美しいもののひとつだとさえいえる。記号学的な発想とテマティックな作品分析が融合しながら、バランスのとれた思想がそこにはある。「老い」、したがって「回想」と「生」を描くこのエッセイは、バルトの晩年のエクリチュールと比べても、ほとんどすべての発想の中心となっていることがわかる。ランセを語るふりをしながら自身を語るシャトーブリアンを批判するように装いながら、バルトはここでシャトーブリアンへの愛を自己の物語として語っているのである。それというのも、『ランセの生涯』という「灼熱の書」に見られるのは、わたしたち現代に生きるものが「そこに自分たちの問題を見つけることができる」普遍的なテーマだからである。

シャトーブリアンは死の四年前、七十六歳でこの最後の作品を書いた。老いた作家は「物事の虚しさ」を語る。生きてきて、過去を通り抜けながら、その最後に老作家は「愛、栄光、世間などの過ぎ去ることしか歌うことができない」。シャトーブリアンは、「死者たちの灰の上にダンスがひしめく〔…〕昨日の災禍は今日どこに！　今日の慶福は明日どこに！」と書いている。ローマの廃墟、墓、萎れた愛、見捨てられた城などなど、バルトによれば、死も近いこの作家にとっては「書物だけが涸れない」のである。

シャトーブリアンが「伝記」の対象としているランセは、十七世紀にトラピスト会をつくった修道士として知られる。シトー会の修道生活をより厳格な修道規則を設けて改革した、もっとも禁欲的な生活で知られる修道院である。ランセはもともと信仰の道を定められながらも、優雅な社交生活を送る、勇士であり、文士でもあった。ある日、狩りから戻り、愛人モンバゾン公爵夫人に会いに駆けつけるが、そこでランセが見たのは血にまみれた彼女の首であったという。棺の長さが足りなかったために、首を斬られたというのである。これが、ランセの回心をうながしたとシャトーブリアンはいう。十七世紀から十九世紀当時まで、多くの反論を受けてきたこの説を、シャトーブリアンは万難を排して支持する。なぜなら、これこそが「断絶」であり、ランセの人生を《前人生》と《後人生》に分割する出来事だからである。自己の回想を、ランセの生涯に重ねながら綴るシャトーブリアンにとっては、ランセの閉じた悲劇的生が必要なのである。

「新生」の講義と比較して興味深いのは、このバルトのエッセイが「老い」と「倦怠」、またそれらと「出口としてのエクリチュール」の関連を扱っているからである。本書本文で解説してきた、「断絶」や「新生」のアイディアは、すでにこの六五年のエッセイで明確にされている。そもそも「新生」にはニーチェの読書の痕跡が深く残っていたように、二十年以上前のこのエッセイを発想から実践に移すのが「新生」という講義であり、またバルトの「新生」という生き方であったともいえるのではないだろうか。

老いとはひとが半ば死んだ時間のことである。老いは虚無なき死である。このパラドックスは「倦怠」という別名をもつ。［…］倦怠は余剰の時間や余剰の生の表現である。『ランセの生涯』を通じて信仰心のマスクの下に神に捨てられた孤独が歌われるが［…］、そのなかに青春のテーマも見つけることができる。生は自分に罰のように科せられた、わたしはいったいなにを世界でしているのかという深く実存的な感情から、この作品はサルトルの『嘔吐』を思わせる。(o.c., tome 2, p.1360)

バルトがいいたいのは、書くことだけが世界の無意味に意味を与える行為であり、どちらの作品もエクリチュールという出口をもつということである。「書くシャトーブリアンは、先行する時間に対して余りであり、思い出のなかの存在に対して余りである」とバルトはいっている。

> 回想が表象の完全なシステムとして現れるとき（『墓の彼方からの回想』のように）、生は終了し、老いが始まる。老いは純粋な時間（「わたしはもはや時間でしかない」）である。したがって実存は肉体によってではなくて記憶によってはかられる。記憶が組み合わせや、構造化を行うようになると（それはかなり若くてもあり得る）、実存は運命となり、まさにそれがゆえ終結をむかえることになる。なぜなら運命はどうしても過ぎ去った過去としか結合しないからである。運命は閉じられた時間だ。生を運命に変形する視線があると、老いは人生からエッセンスを抽出するようになるが、このエッセンスはもはや生ではない。（*ibid.*, p.1361、強調筆者）

いまを生きている人間が、自分の生きてきた人生を回顧的な視線で眺めるようになる。この視線をもたずにひとが生きるとき、他者や世界はみずからの客体として現れる。だから、道具を使って生活をし、畑に種を蒔いて未来の収穫を待つ。それは未来の自分の継続的な生を前提とするからである。このような意識が収縮して、記憶が生のすべてとなるときに、自己の生は客体となる。もはやそれは自分の人生ではない。人生を生きるのではなくて、自分が生きた過去を思い出として構成するようになる。「時を数える以外には日々を過ごすに為すことがない」ような老年とは、自分の生が過去に置かれた客体となり、この客体と対話を続けるしぐさにほかならない。

バルトはこの生存を、「けっして実存に達することない二重化された存在」と呼ぶ。青春期の怪物的な夢があり、やがて思い出がある。だが「所有」はないからである。シャトーブリアンのエクリチュールにある不幸の意識は、「老いゆく」ことにあるのではなくて、「老いてある」ことにある。人生が表象のシステムとして客観的な対象となるときに、「ほんとうの我」ははるか遠くに見えるようになる。バルトがひとつの結論とするのは、「回想はエクリチュールの端緒であり、エクリチュールは死の開始である」ことだ。

最初に述べたようにこのエッセイが重要性をもつのは、シャトーブリアンの一作品を語りながらも、実はこれは文学の一般性を語るものだからである。『ランセの生涯』に見られる文学の欲望と文学の効果の徴候を、バルトは「破格構文」に見る。ランセを語りながら、自己を語り始める老作家は、ディスクールの構成に罅を入れながら新たな意味をつくりだす。ぼろぼろに破綻するかのように見える老作家による伝記の試みは、その表面に遺跡のように残る色彩や薫り、かたちで豊かになった語という「質」によって輝く、とバルトはいう。倦怠の染みついた世界に破断を入れる行為である。ここから「距離の詩学」が生まれる。ひとびとは、作家が自然と人間を和解させると信じている。しかしバルトによれば、作家はむしろ両者に亀裂を入れるのである。それが隠喩の例である。シャトーブリアンは、死にゆく若い修道士のほほえみを語りながら、「カシミールの谷を旅する者を慰める名もない鳥の声を聴く」と飛躍する。さらにことばは跳舞を続ける。「生まれ、死に、ここで泣いてきた者よ！　静かに！　空高く飛ぶ鳥たちがまた他の季節の地に向かっているのだ」。この隠喩と自然の裂け目から作家の声がとどろくのである。

一世紀以上のときを経ても、シャトーブリアンの作品がわたしたちの興味を引き、「わたしたち自身の問題と関連をもつ」のは、このような文学的な飛躍によってのことである。文学は「歴史記述」ではないし、そのための「記録資料」でもない。「史実」からつねに漏れ落ち、残滓のようにあるのが「パッシオン」なのである。書くことと読むことの間にあるこの時間の挑戦は文学そのものである、とバルトはいう。作品は「欠時間＝時代錯誤」（アナクロニック）なのである、と。

iii　ロラン・バルトの数々の死に方

「わたしは伝記をもっていません。[…] すべてはエクリチュールから生起するのです」

——バルト

「君たちを知識の門に導く案内人を探すがよい。そこには、闇から清められた輝く光がある」

——ヘルメス・トリスメギストス

一九八〇年二月二十五日の夕刻、フランソワ・ミッテランの開いた昼食会の後、ロラン・バルトは小型バンにはねられて入院する。その三年前、コレージュで教え始めた七七年の夏から、バルトは母の永遠の喪に生きていた。事故はコレージュ・ド・フランスすぐそばのエコール通りで起きた。エコール通りは、書店の並ぶサン゠ミシェル大通りからクリュニとソルボンヌの間を折れて入る通りで、比較的広い通りである。午後四時前の日中であるから、図書館や学校から出てきた学生たちや、映画に行く前にカフェで飲む者などで、ひとがあふれていたことだろう。バルトは「講義」に続く「プルーストと写真」についてのセミナーの機器準備のなかであったという。その後には、カフェ・ド・フロールのあるサン゠ジェルマン・デ・プレに向かうつもりだったのかもしれない。

ところで、この日の朝、バルトは講演予定の「ひとはいつも愛するものについて語りそこなう」の原稿を自宅でタイプ清書していた。この原稿の内容にも負けず、そのタイトルはなんとも意味深長ではないだろうか。同年に出版された母の喪を綴る写真論『明るい部屋』のなかで、母の死後は「エクリチュールの企図だけがわたしの人生の唯一の目的となるはずだ」とバルトは述べていた。そしてこのエクリチュールの企図は、まさに企図に留まり続けるしかない、書かれないファンタスムであり、ファンタスムとしてのエクリチュールだったのではないだろうか。『明るい部屋』の同箇所では、エクリチュールというかろうじて生きる目的そのものが幻想であること、つまり「ユートピア的」なことを認めていたのである。

消費資本主義社会のなかで、文学の役割はどのようなものか。読書を好む者が絶えず自問する問いである。バルトの答えは、文学は役立たずであるというものだ。

バルトは『テクストの快楽』のなかで、現代の消費資本主義社会のなかで、「交換」に回収されることへの抵抗の数々があると指摘したうえで、それでもやはり市場を免れるのは不可能だといっている。前衛アートと同じように、これは古典的文学にもいえることである。「交換がテクストを捉える、無益でありながらも合法的な濫費の循環のなかに入れてしまう。こうしてまたテクストは集団的経済のなかにおかれることになる。テクストの無益性そのものが、ポトラッチの資格でテクストを有益にしているのだ。社会は亀裂の上に成立している。ここに恬澹な崇高なるテクストがあるかと思えば、あちらには商業的なモノがある。その価値はといえば、そのモノの無償さだけなのだが……。[…]

フロイトは『周知のように無償のものは死しかない』といっている」(o.c., tome 2, p.1506)

文学の場で経験する死とフロイトのいう無償の死とのアナロジーは、しかしながらいくぶん雑なものだろう。とことん役立たずであるためには、なんの交換価値ももってはならない。「価値」には関せぬところでしか、交換を逃れるすべはない。文学がほんとうに無償なものであるためには、それはポトラッチとなってはならないのである。ポトラッチが、使用価値の上での見かけの「無」であるなら、破壊し、破壊を贈与することで、破壊として返還され、永遠の交換の環をつくることになってしまう。「価値」とは異なる価値、つまり尺度をつくるのが文学の仕事となるだろう。市場の法がもたらす「道徳」とは異なるもうひとつの道徳を生み出したときに、文学は真の役立たずとなるのである。だが、やはり文学は交換の環を逃れないだろう。もしも、文学がパッシオンの分割と共有であるなら、なおさらのことそうである。十九世紀の多くの作家や思想家が熱狂したような、印刷によるソクラテスとプラトンとの対話、未来のソクラテスとの対話などというものは、文学のアナクロニックを明かしてはいるものの、文学の場という別の交換の舞台を認めていることにほかならない。だがおそらく、作家の経験的な生が、二度と戻らない不可逆的な時間に従わざるを得ないかぎりで、あるとき文学は交換の鎖をふりほどくだろう。それは作家が死に、作品が生きながらえながら、来たるべき者への不意打ちの贈与となるときである。

ヴァレリーのいうように、書物にはふたつの側面がある。「見られる書物」と「読まれる書物」、「モノの書物」と「コトの書物」。デカルト的延長でははかりきれない「コトの書物」は、そのつどことばが記入され登録される場所でありながらも、けっしてそのものとしては現れない。モノの書物を古今東西から集めれば、それは巨大なものとなり、やがて収容できない堆積となるだろう。だがコトの書物は、参照、対話、批判、討議、共謀などが行われるコトの場は、不可視なものでありながらも、たしかに「ある」という気持ちをもたざるを得ないようなものである。その信がなければ文学は成立しないだろう。

ところでこのような見えない、触れない、ただ遠くからの声を聴取することしかできない書物の場は、わたしたちにはけっして自己のものとして経験できない「死」と似ている。読者や残されたものの他者の経験のなかにしかそれは生きないからである。書く者は、書いたものをけっして自己固有のものとして所有できない。ただ残すだけである。

文学は哀しい。エクリチュールの仕事が孤独のなかで行われるから寂しいという意味ではない。書いたものが、自分の意図どおりに解釈される保証がないから空しいという意味でもない。書くことはただ哀しいのである。

バルトは「講義」で、エクリチュールを「この謎なるもの」と語っていた。話されたことばではないのに、それはやはり言語活動である。この状況をバルトは謎と呼ぶ。なぜだろうか。バルトがなぜエクリチュールを謎のように感じるのか、本人からの説明はなされていない。ただバルトは、「エクリチュールが想像界の出血を止める」とだけいっている。老いを襲う想像的なものの湧出は、ノスタルジーをともなうけっして帰還のない望郷であるだけに哀しい。この哀しみはエクリチュールの始まりでもあることをバルトは語っていた。また「エクリチュールのなかにも想像力はありますが、それはもはや想像的なものとは別なのです」とも。

まだ書いていない者、これから書こうという者は想像的なものを生きている。けれども、エクリチュールは「高度に象徴的なもの」なのである。これはすでに見たことだ。そして、バルト自身の「声」、あの溌剌とした生に満ちた声が途絶えるように、バルトはことばをつなぐ。

今年度これまで述べたことすべては、まだ書いていない者としての作家のイマジネール〔想像界〕の探究でした。わたしは誰かまだ書いていない者、エクリチュールのイマジネールのなかにある者について話してきました。もしも……、もしもエクリチュールが始まれば、このイマジネールの出血は止められてしまうのです。

エクリチュールはおそらく、その前提条件として、この想像的なものの放棄、「断念」があるから哀しいのだろう。たとえそれが腹を抱えて笑うような喜劇であっても、エクリチュールがいつも哀しいのはそのためなのだろう。
しかし、この「断念」は放棄ではない。想像的なものを諦めてエクリチュールに向かう作家は、それから愛のために書くのである。この錬金術的な「大変換」(transmutation)こそが「謎」なのだろう(スタロバンスキー「夢想と変換」)。
「固有名があれば十分であろう」とデリダはいう(「ロラン・バルトの複数の死」)。「固有名はただそれだけで単独に、死を、あらゆる死をひとつの死に告げる」からである。この場合の固有名は、「バルト」にほかならない。デリダはいままさに、バルトの「弔辞」を読んでいるのである。ひとは、生きているなかでさえ固有名を背負わされて、その名のなかで潜在的に死んでいる。「固有名は、かけがえのないものの一回かぎりの消失、名状しがたいひとつの死の一回性」をどこまでも、叫び続けるものである。

デリダはこの追悼文を断章形式で書いている。開けたままの断章、閉じることのない断章。それは「未完了のマーク」であり、宙づりの状態である。ひとつの固有名にさえ数多く他の固有名が刻まれる――「講義」はニーチェと、サルトルと、ミシュレ、シャトーブリアン、カフカ、その他多くの者との合唱にほかならなかった――この固有名を徴づける断章はそこに「戻ってくる約束」であるかのように開かれている。

ド・マンに捧げられた書でもよく知られているように、デリダが「ロラン・バルトのため」に書くことと考えることは、バルトの著作を語るだけではなくて、「バルトを思い、バルトについて考える」ためでもある。デリダがいま思考する数々をバルトに捧げて、バルトに与え、バルトに贈り届ける身ぶりである。けれども、「この思考はもはやバルトのところまで達することはありえない」。それならば、この「バルトのための思考」はどこに届けられるのだろうか。もしも、それがデリダの心のなかや、わたしたちの心のなかにあるバルトに贈られるのならば、それはバルトを内在的にとりこんで、バルトの姿を固定する永遠の喪にほかならない。だがバルトをひきとめながら自己の所有となすことをやめて、バルトに「アデュ」を告げるときに、バルトという固有名の新たな旅がはじまる。

バルトが言及する「かけがえのない愛」は、その際バルトの母への愛のことであったのだが、この愛の「証言」はやがてことばのなかで拡散してゆく。ミシュレが「ただひとり歴史を愛の告白のように心に宿した」ように、バルトにとってはパッションの分割と共有が問題なのである。もちろん歴史が出来事に対して事後的にしかつくられないにしても、それが生きた経験でないにしても、想像的なものを断念したあとに生まれるエクリチュールには歴史しか残されていない。

デリダは、バルトが写真のなかに母の真実を探し続けたように、バルトの真実を見つけようとする。だが、ある種の模倣は義務のように思われるものの、それは「数ある誘惑のなかでも不謹慎で致命的なもの」とされる。なぜならば、バルトに語らせることは、「贈与」と「贈与の撤回」のどちらか一方にしか帰着しないからだとデリダはいう。

デリダは結局、『明るい部屋』の注釈に終始する。だが読解の細部から現れ出てくる突き刺す点（プンクトゥム）は、同一なるもののエコノミーの網目を引き裂きながら、現前なしに「わたしのもとにやってくる他者の単独性」なのである。亡霊、スペクトル、観覧者（スペクトール）に回帰してくることの論理が、そこには残されるのである。

そうそれ、そこに知識人の活動のちょっとやっかいな窮屈さがあるのです。読者の要求はいつでも作家の生きた状態とずれています。ひとは、それほど長く同じ状態にあるわけではありません。要求はわたしを、たとえば誰か現代の神話をやっている者として、「不死」にしたいのですが、そうした要求にはいつも否定的に応じるしかありません。しかもそうした場合は、まったく何についてでも構わないからなにか書いてくれないかと頼まれるのです。神話のなかにはすべてあるわけですからね。五四年か五五年頃だったでしょうか、神話をやっていた頃のわたしの発言を求めるのです。ひとびとは、わたしが生涯を通じて神話研究者であると思っているのです。モードについて書いたときも同様です。でもいまでは、まったく、全然、少しもモードについて考えたりしていないのです。〔…〕

こうした態度のなかに攻撃性が見られるのは、他者がひとは動かないことを自明のように考えることに由来します。他者たちは五年の間、あなたの前から姿を消します。でもその他者たちは、会いたくなったら電話さえかければよい、あなたは同じ肘掛け椅子に座っていて、彼らの電話を五年間待っていると考えるのです。

というわけで、各々が他者を自由にできるものと考えているのです。わたしも実際にそうしているでしょうね。

最後の語り。でも誰の？　誰が継ぐ語り？

エクリチュールは世界の水準で考えれば余剰であり、社会のひとびとから見れば一種の彼《か》の世である。社会に生きるわたしたちは、社会の時間と場のなかで、ときには読書をし、読書の行為を通して幽冥の旅をする。ある意味では、絶対に近づくための孤立の場。無限の時間がそこにはあり、匿名の声がある。その間も刻々と社会の時間は流れていて、本を閉じればいつもと変わらぬ光景がそこにはある。読書で失うものが時間であるように、読書で得るものも別の時間である。この別の時間はおそらく他者の時間、生き、書いた者とその伴奏をする者たちの時間である。

でも書物の内側にあっても事情は同じといえるだろうか。いや、書物は閉じられた瞬間に社会におけるその場もその時間も失う。Fort-Da。そして反復。

閉じられた書物が排除される。開かれぬ書物は、書かれなかった場合と同様の、個人あるいは集団の可能的な記憶として存在するにすぎない。そうでなければ、読まれることのない書物は、道ばたの石ころや壊れて捨てられたテレビと同等の物質的存在であるにすぎない。

書物は開かれてはじめて、わたしたちとともにそこにある。この世界で、ものとして、またはこととして。

幼少の頃に、自分の大切な宝物を庭に穴を掘って埋めるしぐさにどことなく似ているエクリチュール。いつか掘り返そうという思いは自己のものか、他者のものか。掘り出した宝物は、作家にとってはガラクタでも、社会という他人にとってはやはり宝であることもある。ただし、その宝＝ガラクタは、作家の灰が呼びかける声なくしては成立しない。灰となった単独的な経験がたしかにあるのだ。「話すこと」と「話されたこと」の分離は、二度以上の出来事の構造となる。奇妙な書物、その相貌すべてが世界の空間とは異なる場のありかに呼びかけるような書物。

初版あとがき

本書はロラン・バルトによる「新生」の冒険についての解釈の試みである。著者の解釈が数ある可能性のなかのひとつに過ぎないことを認めながらも、そこにバルトの意思をねじ曲げるような強引な読みは、一切ないはずであると信じている。ただし、ここで試みた解釈が、著者が自己の責任において引き受けた「能動的」な読み方であり、また書き方であることを付言しておかなければならない。わたしの読み方、わたしの書き方には、否応もなく筆者自身が辿った経験や人生が染みついている。語弊を恐れずにいえば、あらゆる読解はひとつの偶然である。少なくとも読み手がコンピュータのような同一性の反復を本質とする機械に代わるまでは、読解そして作品・思想との出会いは、個々の人間が一回限りしかその時々を生きないという意味で、ひとつの運命でもある。かつて批評用語で間テクスト性と呼ばれたような、文学的（文学内）経験の偶然性、また読者が記憶を背負った人間である限りにおいての過去の経験がもたらす偶然性。つまり字義通りに読む論理の次元を離れて、文学の経験に辿り着こうとするならば、読解は、その一回一回において一度限りのものとなる。（作者という）他者の経験の染みわたったエクリチュールを読み解く、「わたしが読み解く」、そんな絶対的客観性を誰が（不当にも）声高に要求したりするだろうか。だがそれでも、そのようなプリテンションのまやかしを重々承知しながらも、いささかの自負を込めていうならば、本書は、バルトが死の直前まで続けた講義で展開していた「彼の意思」を継承し、それと対話しながら、開かれた議論へと、また新たな創造へと差し向けるための、最初の一歩となる試験台である。

さて、バルトの「新生」が彼の予告していた「小説」のことであるのか、それともバルトの人生の晩年に悲しくも一瞬煌めいた時期のことであるのか、そのどちらか一方に決めてしまう必要はないだろう（本文では筆者なりの一定の決断を試みた）。そしてなによりも本書は、「新生」を通してバルト全体を語り、バルトを通して「新生」一般を語る試みでもあった。「新生」とは、老いた者が自分に残された時間を「有益なもの」として生きる覚悟であり、またプライドでもある。書くという行為を通して、思い出を抱えながらもそれと訣別し、積極的・能動的な生に転換する内容を、断片的でありながらも全般にわたって取り上げたつもりである。挑発的な解釈を試みながら筆者が期待するのは、「作者」の絶息に漏れた「欲望」の嘆きが、その作家の全生涯にわたる作品観や人物観を一八〇度変えてしまうような、文学という言語態の不可思議な時間性、そのはかなさとその一回的経験性に光をあてることであり、またバルトをめぐる議論が再スタートするための一助となることでもある。

本書が執筆されたのは、偶然、コレージュ・ド・フランスにおけるバルトのセミナー記録が、ＩＭＥＣの作業とスイユ社の出版により公開される直前であり、さらに新版バルト全集の同社よりの刊行が待たれる時期であった。また本書が書店に並ぶころには、ロラン・バルト展がパリのポンピドゥー・センターで開催されているはずである。

フランス現代思想を揶揄することばを最近よく耳にする。サルトル、レヴィナス、ミシェル・フーコー、ジル・ドゥルーズ、ルイ・アルチュセール……、ひとつの世紀の思想界に確実な変化をもたらしたこれら巨人が去った後には、たしかにフランス哲学は一種「官僚化」し、巨人の後に舞台に登場するのはなにやらおしゃべりを続ける「テレビ・アイドル」や「政治家」、「教授」たちというそう寒い状況も事実である。しかしながら、グローバル化という名の知の官僚化・規格化が大学を襲うなかで、フランス的な知のあり方はいまでもオルタナティヴのひとつであり続けることも考慮する必要があるだろう。

「フランス的」とは、幾多の専制の失敗を繰り返した後に、戦後根づいたリベラルな知の制度を指す。そのひとつの例が、本書でとりあげたコレージュ・ド・フランスのような、大学とは異なる公開制専門講義の機関である。同じ傾向をもつ場所は複数ある。たとえばコレージュ・ド・フランスからリュクサンブール公園を横切って反対側へ、ラスパイユ大通りにあるEHESS（社会科学高等研究院）は、博士課程指導に重心を置く風変わりな研究・教育機関であるが、ここでもオープンな議論を軸とした講義・ゼミが展開されている。ところであるとき、人気の高いジャック・デリダの講義の最中に、若い母親に連れられてきた赤ん坊が泣きやまず、周囲から（小声で）「クソ（売女）」という声が続いた。講義の終了後に、四十代と見られる常連の聴講生が女帝のように立ち上がる。「あんた、○×※！、なんで、▲□◇……！　くそったれ！」、五分ほど罵り合っていた。講義室に赤ん坊を連れてくることのモラルの面での是非はともかく、大学級の講義でそんな光景を見たこと自体が驚きであった。バルトと同様ＥＨＥＳＳからコレージュの教授に任命されたＰ・ブルデューは、晩年の講義で壇上のマイクも気にせずに大きな音で鼻をかんでいた（当然、スピーカーから大音量で響く）。彼の講義では、（聞いたところの）バルトの講義と同じように、講壇の裏側にもたくさんの聴講生があぐらをかいてノートをとっていた。ＥＨＥＳＳのように活発な議論が展開されるわけではないが、それでも親しみの感じられる講義であった。バルトはＥＨＥＳＳとコレージュ・ド・フランスという、オープンでありかつ最高級の知が輝く、ふたつの特権的な研究の場に所属し、ふたつの対照的な雰囲気を経験したのだった。

さて著者が本書を執筆したのは、二〇〇二年夏のことであった。急ぎの仕事を複数抱えたなかでのことであったが、ご迷惑をおかけした方々には、この一季節にこの書を書くことが、著者が人として生きるにあたってなによりも大切であったことへのご理解を願うと同時に、わがままをお詫び申し上げたい。もともと冬弓舎より刊行予定の言語態論の一章として始めたものであったが、やがてこのように一冊の本にまでなってしまった。なにかに憑かれたように書くとよく言われるが、著者の場合、すべての暗雲が晴れて、なにも障壁のない一瞬のチャンスに、空を泳ぐように、踊るよう歌うように、壮快な気分のなかで一気に書くことができた。

いささかのフィクションもなしにいうと、わたしはこの本を書きながら自分自身の新生を見つけた気もちでいる。この新生の芽生えは、長引いた人生の断絶の苦悩を吹き飛ばすに十分なものであった。早朝起床すると、イタリア山庭園の付近を散歩し、帰宅するとただちに執筆を開始、夕方五時には机を離れて、気に入った本をもって横浜元町を気の向くままに散歩し、カフェを飲み……、いささかの苦痛もない「城」のような季節だった。

ところでロラン・バルトの最終講義の資料に出会ったとき、わたしは黙々とバルトを読む一学生だった。正確にいうと居場所をもたない瘋癲、今でいう「ぷー太郎」だった。そのとき、バルトの《声》にはじめて触れる機会も得た。溢れるような生の声が、そこには響き渡っていた。スノッブな文章を書くバルトも、冗談をよくいうユーモアある人間だった。

生の人バルトとの出会いには、もうひとりの生の哲学者との邂逅が先立った。本書執筆のきっかけを与えてくださった現東京外国語大学大学院教授・西谷修先生に心よりの感謝を申し上げたい（本物の死の思索者は、ほぼ例外なく生の達人である）。西谷先生と出会った頃、わたしは「断絶」のなかにいた、喪のなかにあった。長い断絶の時期には、いつも西谷先生の声があった。宿題を果たすとか、負債を返すという言い方をよく眼にするが、今回の話はそんなものではいささかもない。ただ、感謝の気持ちをきわめて不器用でありながらも明確なかたちにしたにすぎない。暗闇にいると、自らの境遇がなにか特別に不幸なことのように思えてくる。過ぎてみれば、それは単なる事故である。「新生」には不思議なパワーがある。わたし自身の新生を準備してくれた三人目のひと、妻千雅子にささやかなこの書を捧げたい。

本書執筆の過程では、たくさんの方にお世話になっている。友人諸兄姉・諸先生の名前をすべてあげることはできないが、わたし自身の人生の仕切直しに際して決して忘れることのできないひと、土屋博昭弁護士（およびご紹介の厚意を賜った小林良彰教授）と松村純子医師に変わらぬ感謝の念を伝えることをお許しいただきたい。両先生の助けなしには、このような書物ひとつさえなしえなかっただろう。また刊行前の段階でいくつかのご意見を賜った勤務先の先輩鈴木義久先生（米文学）にもお礼申し上げる。最後になるが、冬弓舎の内浦亨氏には、筆者のわがままを聞き入れていただき、無理な刊行スケジュールの負担をかけてしまった。内浦氏と同舎にも、お礼申し上げたい。

なお本書の刊行は、明治学院大学学術振興基金の出版補助金を受ける幸運に恵まれた。同学院の寛大なはからいに感謝申し上げる次第である。

二〇〇二年十一月二日

原　宏之

何度でも新しい生を試みるために

管啓次郎

誰にとっても、誕生は一度しかなかった。生物学的な誕生は。けれども何らかの理由による深い断絶を経て、新しい生を迎えることもあるのではないか。それを激しく求めた戦いの末に、あるいはただ、突然にやってきた恩寵のような出来事として。そんな新生の経験が、別に一度かぎりのものである必要はないだろう。それは二度、三度、n度にいたるまで、くりかえし起こりうる。冬至と夏至とそのあいだのすべてのサイクルをくりかえしながら地上の植物相・動物相を更新しつづける、自然とともに。それは想像された願い、根拠のない希求の投影でしかないかもしれない。だがわれわれが新生を必要としていることに疑いの余地はなく、新しい生の可能性に対する期待によって日々を生きる力を獲得することなら、誰もがことさら意識することなく実践している。新しい生のゾーンへと入ってゆくための透明な光の扉の実在に対する信を、われわれは希望として把握する。

「新生」vita nova というフレーズを聞くとダンテのことを思うのは、ごくありきたりな反応だ。ベアトリーチェに対する愛の歴史と彼女を失った喪、そして彼女への愛を語るための詩法の探究を主題とするダンテのこの作品は prosimetrum すなわち散文と詩が交互に現れる形式で書かれていた。その作品にふれたことがあるかないかにはかかわらず、「新しい生」という言葉はまるで稲妻だ。その稲妻を、たとえばニーチェも、バルトも耳にし、その光を見た。かれらのような著作家ではない無数の人々も、そのフレーズを耳にし、くりかえしてきた。声に出すか出さないかは別として。その言葉が稲妻になるのは概念としてのかたちをすでに備えているからで、あるとき、すでに自分自身そうとは知らない晩年を迎えていたバルトは、コレージュ・ド・フランスでの講義の主題としてこの概念をとりあげることにした。

原宏之による本書『〈新生〉の風景』は、一九七八年から一九八〇年にかけて行われたこのバルトの講義をめぐって記された「聴取ノート」とでもいうべき作品だ。講義録がフランスで出版されるよりも前に、原は録音を聴き、自分で文字に起こし、翻訳し、注釈を加える。そのようにしてすでに肉体を欠いた存在となったバルトとの、バルトの痕跡との、無言の対話をつづける。本書の出版は二〇〇二年。その時点ですでにバルトが亡くなってから二十年あまりが経過していたとはいえ、この講義の意義をめぐる考察としては、ごく早い段階での業績だといっていいだろう。執筆時、原はまだ三十代前半。ぼくは出版直後に偶然本書を読んで、まさに目をひらかれる思いをしたことをよく覚えている。そこにあるのはパトス。バルトのパトスと原自身のパトスが並行し、対話し、ときに融合し、火花を散らし、別の稲妻となる。バルトの三十代の著作『ミシュレ』（原著は一九五四年）に後のバルトの萌芽ないしは兆しがふんだんに散りばめられているように、『〈新生〉の風景』には思想家としての原のみずみずしい着想の数々が、バルトの声に対する応答のかたちをとって、文字により記されている。「生涯のどの時期にも、その時期ならではのパトスというものがある。だがわれわれは、その時期に身を置いているかぎり、当のパトスをそれとして意識することがめったにない」（ニーチェ『愉しい学問』森一郎訳）。パトスとは情念・情熱であり、エートス（持続的な気質や態度）と対立させるなら一時的という含みが生じると考えていいと思うが、自分ではどうにもならない外的な要因や状況に翻弄され、掻きたてられ、強いられるようにして考えはじめることの連鎖が、結局はその人の思考のボディをかたち作っていくということがあるのではないか。バルトの『ミシュレ』がそのすべての完成度をもってなお若々しいように、原の本書も若々しく、同時にその裂け目に深い岩盤が露出しているという印象をうける。ふたりがそれぞれに見せている「若さ」とは、とりもなおさずそこにすでに新生の経験が刻みこまれているということだろう。そしてかれらの新生を読者としてのわれわれが感知できるなら、それはとりもなおさずかれらとわれわれのあいだに「パトスの共有」（com-passion つまり同情・共感）が成立しているからだろう。

ヒトの言語とはほんとうに不思議なもので、ヒトの群れや個を成立させるとともに、その言語を使う当人にとってまったく異質な何かとして存在し、ことあるごとに介入してくる。言語はもともと声の領分にあるが、そこに書字のレベルが生じて以来さらに事態は複雑化し、われわれの心はつねにさまざまな声の名残と、文字およびその痕跡に、翻弄されつづけている。実際、われわれには自分の心と言語の関係すらよくわかっていないし、そもそも「自分の」と呼べるものが言語において成立するのかどうかも知らない。知らないままに心という架構された乗り物のようなものを使って、日々およびその延長としての人生を送っている。文学の秘密も、エクリチュールの謎も、結局は生身の生命としてのわれわれと、それとは完全に異質・無縁なものである言語が勝手に織りなす広大なひろがりとのぶつかりあい、ずれ、せめぎあいに根ざすものだ。

今回、ひさしぶりに本書を読み返して改めて思ったことは多いが、そのひとつに「人は三人ずつ読んでいる」ということがある。三人とは、たとえばランセ＝シャトーブリアン＝バルト。トラピスト会の創始者である十七世紀の修道士ランセ、その評伝をもってみずからの最後の大著としたシャトーブリアン、シャトーブリアンによる『ランセの生涯』をめぐるみごとなエッセーを書いたバルト。AとBだけでは線分にしかならないところにCが加わることによって、一気に地形のひろがりが生じる。また、当初の線分があくまでも時間にしばられていた（ように見える）のに対して、こうして生じた三角形は時間の外に出てしまう。人が文学的経験と呼ぶものは、考えてみればすべて時間の外の体験、時間論理（クロノロジー）からの脱出、すなわちアナクロニズムといっていいが、それを知るためには文学史の滔々たる大河の中から三つの名を選んで体験する必要がある。もちろん、ここでいうランセ、シャトーブリアン、バルトとは生身の人間としてのかれらではなく、言語という平面に打ち捨てられたかれら、言語的影絵芝居の登場人物としてのかれらのことで、三人がたとえばミシュレ、ニーチェ、バルトになれば、また別の地勢がそこにはひろがっている。

このようにしてテクスト的存在となった文学者たちは、すでにあらかじめ間テクスト的存在で、固有名をもたされてはいるが生身の人間のように「個」ではありえず、ふるまいもぼんやりとした幽霊のようだ。だが読者としてのわれわれの、あらかじめ分割された半身である言語的幽霊の部分は、そのようなかれらを読み、かれらとつきあうことによって初めて、言語的風景の中を動き回るための足を手に入れる。人間の世界はどうやら直接的な体験世界と、それにすっぽりとかぶさり自己の体験もフィクションも空間的・時間的遠隔地の出来事も知識も記憶の中に位置づけてゆく言語世界が二層構造をなしているが、原が対比させている、そしてわれわれの世代にとっては少しはなじみがある、フーコーのディスクールやバルトのテクストという概念も、この言語世界の成り立ちを意識化しようとする試みに数えていいだろう。種々雑多な言語記録が並ぶタブロー（平面）を再編成するときに浮上するディスクール、言語ジャンルを破壊してひとしなみに読みの対象とするテクスト。これらを考察の対象とする営みを原は「言語態」と呼ぶが、そのような言語態分析は言語学でも精神分析でも人類学でも記号学でもなく、確固とした方法論的足場をもたないエッセー（試論）になってゆくのではないかとぼくは思う。エッセー、あるいは言語を環境とする言語的存在のエソロジー（行動学＝エートスの学）だ。

ぼくにいわせれば言語の中で言語を拘束するあらゆる分類や規則を破壊し、現実への係留を断ち切り、内容にも意味にも還元されることなく、まさにタブロー（絵）としてのかたちの実現を追求する営みは、ジャンルを超えた先にある「詩」であり、それを考察することは詩学にほかならないが、それについて原の意見を尋ねてみる機会はもうない。バルトがいうエクリチュールが、社会＝権力が強いてくるものに対する記号破壊の永久革命だとしたら、それもまたぼくにとっては詩の行為だし、原が解説するようにクリステヴァの「レヴォルト」がエクリチュールの抵抗、反復、想起、刷新だとしたら、これもやはり端的にいって詩的実践にほかならない。それではこのように、通常のジャンルを超えたところで展開される言語的なかたちの創出は、いったいわれわれに何をもたらすのか。

「文学は哀しい」「書くことはただ哀しい」と原はいう。そしてその理由を、バルトに連れ添いつつ、エクリチュールが「まだ書いていないものとしての作家のイマジネール［想像界］」の放棄・断念を前提とするからだと説明する。これはわかる気がする。これにさらに注釈を書き加えるなら、言語形式という生そのものから無縁であるしかない、ただしそれによらなければ生が無時間へと脱出することができない、ものを創出することの悲哀とでもいえばいいだろうか。けれどもこの悲哀はすでにメランコリーすなわち喪の感情ではない。メランコリーから一歩を踏み出して、根拠なき新生への移動をすでにはじめている者の、必要な別れの痛みだ。

原宏之にとって新生とは「書くという行為を通して、思い出を抱えながらもそれと訣別し、積極的・能動的な生に転換する」ことだった。三十代初めの原が「長引いた人生の断絶の苦悩」と呼ぶのが何だったのか、ぼくは知らないし、原が遺した著作を読むにあたって彼の人生を知らないことが欠如になるわけでもないだろう。ただ、別の位相から彼の言語を読んでいるというだけのことだ。そして「彼の／彼女の／私の」といった所有格が言語についてしめすことができる部分はほとんどなく、ただ変化をつづける共同化された言語の地勢、その広大無辺な地平がひろがっている。時間の外に。それが文学の風景だ。

原 宏之（はら・ひろゆき）

一九六九―二〇二一。学者・教育者（哲学）『バブル文化論』（慶應義塾大学出版会）、『世直し教養論』（ちくま新書）など著書多数。ポンピドゥー・センター付属研究所客員研究員、明治学院大学教養教育センター教授、東京大学教養学部非常勤講師、早稲田大学教育学部及び文化構想学部非常勤講師等を歴任。

管 啓次郎（すが・けいじろう）

詩人、明治大学理工学部教授（批評理論）。詩集に『犬探し／犬のパピルス』『Paradise Temple』（いずれもTombac）、『一週間、その他の小さな旅』（コトニ社）他。批評に『エレメンタル』（左右社）、旅行記『サーミランドの宮沢賢治』（白水社、小島敬太との共著）、『斜線の旅』（インスクリプト、読売文学賞受賞）、翻訳書多数。

〈新生〉の風景
――ロラン・バルト、コレージュ・ド・フランス講義

2025年4月25日　初版第1刷発行

著　者　原 宏之

発行所　書肆水月
〒329-1334
栃木県さくら市押上1043
Tel: 050-3503-7136
http://cultura-animi.com
Email : info.suigetsu@gmail.com

装　画　Benoît Puttemans
　書　　松本 有婦紀
組　版　トム・プライズ
印　刷　株式会社　精興社

ISBN978-4-9911402-3-5
Printed in Japan